Tee bei Dr. Goerdeler

ERZÄHLUNGEN

Claudia J. Schulze

©Claudia J. Schulze
Bild: Mike Crawley
Lektorat: Matthias Ziebarth, Frankfurt a. M.
Printed and published by BoD - Books on Demand, Norderstedt
ISBN: 9783746046563

Böse Menschen

Den Kindern der Kämpfer gegen Hitler erzählte man,

ihre Eltern seien böse Menschen.

Sie, die längst erschossen, konnten sich nicht wehren,

die erdrückte Lüge nicht zur Wahrheit öffnen.

Die Kinder wussten es besser

Oder auch nicht.

Eine Widerstandskämpferin bin ich nicht.

Und mein Kind starb lang zuvor.

Doch weiß ich eines:

Erzählte man ihm ich sei böse

wenn es noch lebte

So hätte es dies nicht geglaubt.

Mein Kind

wenn es noch lebte

Hätte auf sich selbst gehört

Nicht auf Lügen anderer

Es hätte mich gefragt

In seinem Inneren

Und die Antwort gewusst.

Oder auch nicht

Lasse ich hier nicht gelten.

Manchmal sind es nur kleine Geschichten. Geschichten darüber, wie Widerstand entstehen und wachsen kann. Dann wieder sind es die ganz großen Heldentaten in denen sich zeigt, zu was Menschen im Guten fähig sind. Das Thema zieht sich wie ein roter Faden durch sehr viele meiner Erzählungen, so dass ich hier die unterschiedlichsten Arten aus meinen Büchern und Erzählungen zusammengetragen habe. Einige der Geschichten basieren auf wahren Begebenheiten. Durch einen persönlichen Einblick in das Leben eines der Kinder der Widerständler gegen Hitler habe ich erfahren, wie sehr diese gegen ihre verstorbenen Eltern aufgebracht wurden. Statt Stolz für deren Mut empfinden zu können wurde ihnen beigebracht, dass sie sich zu schämen hätten. Ein Kind kann solche Unterscheidungen noch nicht er-fassen, umso wichtiger ist es für uns als Erwachsene, Lügen in jeder Form entgegenzutreten und den Anfängen jedes neuen Faschismus – in welchem Gewand auch immer – entgegenzutreten. *Oder auch nicht* muss man wohl bei Kindern gelten lassen, auch wenn ich es mir anders wünschte. Kinder verfügen zwar, in der Regel, über einen ausgesprochen guten Instinkt, zu differenzierten Urteilen sind sie jedoch zumeist noch nicht fähig, was sie anfälliger für Propaganda und das Glauben von Lügen macht. Es ist daher unsere Aufgabe als Erwachsene wahrhaftig zu sein. Beginnen möchte ich mit einem kurzen Auszug aus der Geschichte: „Bücher". Sie stehen hier stellvertretend für die Aufklärung, für die Vernunft. Selbstverständlich ist mir bewusst, dass nicht jedes Buch diesen Symbol-Charakter in sich tragen können. Doch die Bücher von Hannah, einer Philosophie-Studentin, da bin ich mir sicher, erfüllen diesen Zweck. Daher möchte ich diese Sammlung meiner Geschichten mit ihrer Sammlung beginnen lassen.

Bücher

Meine Großmutter hat mir so viele Bücher geschenkt, dass mein Regal nicht mehr ausreichte.

Unter meinem Bett hatte ich daher eigens eine riesige, ausgesucht feine Bücherreserve angelegt.

Es blieb kein bisschen Platz frei, so eng stapelte ich die Bücher unter der Matratze. Das Gute daran wiederum war, dass ich seither vor dem Zubettgehen nicht mehr, wie sonst, minutenlang und regelmäßig nach Gespenstern suchte.

Vor der Sache mit den Büchern hatte ich diese nämlich immer unter meinem Bett vermutet. Und die Bücher hatten sie nun einfach vertrieben. Ich denke mal, dass das nicht nur wegen des mangelnden Platzes war.

Bücher sind nämlich immer stärker als Gespenster. Das ist sozusagen ein Gesetz. (Aus: „Vom Mut des Drachentötens")

Clarisse

Von Haus aus hatte Lefuet, mehr wohl seine Familie, einmal viel Geld und viel Einfluss besessen.

Sein aus dem lothringischen Nordosten, genauer: der Stadt Sarreguemines stammender Vater mit der Trinität der Vornamen *Serge-Amias-Alexandre* war ein sehr angesehener Chirurg, der allgemein gut beleumundet war und auch bei den Frauen überaus großen Anklang fand. Seine eigene Frau, Anouk Lefuet, eine blasse, jedoch ausnehmend schöne Konzertpianistin mit deutschen Wurzeln und leider nur mäßigem Erfolg auf der Konzertbühne, sowie sein desillusionierender Sohn, dessen wohl einzige Auszeichnung sein exotischer Vorname war, hatten es ihm wiederum nie recht machen können. Anouks jüngere Schwester, *Clarisse Schuler* hingegen, deren musikalische Genialität in den Jahren um 1940 mit psychischer Obsession und schleichender Geisteskrankheit in Verbindung gebracht wurde, hatte seine ungeteilte Liebe und Bewunderung gefunden. Seit er die Bekanntschaft der Schwestern einmal während des Konzerts eines berühmten und genialen deutsch-jüdischen Komponisten in Zürich machen durfte, war Clarisse auf der Stelle seine gänzlich uneingeschränkte Favoritin gewesen.

Schön war sie zwar nicht, doch ihre Anmut, ihre Begabung und Unerschrockenheit machten ihm dies wett. Auch ihre gelegentlichen, bereits legendären Gefühlsausbrüche, die Eruptionen gewaltiger Vulkane zur Ehre hätten gereichen können, erschreckten ihn keineswegs.

Vielmehr inspirierten sie ihn, ebenso wie ihre Angewohnheit die Dinge beim Namen zu nennen, nichts unausgesprochen zu lassen, das ihr düster auf der Seele lag.

Und doch war es ebendiese Kombination aus Begabtheit, Genialität, Zivilcourage und leichtsinnigem Übermut, die sie im Frühsommer 1943 das Leben gekostet hatte.

So kehrte sie nach einem im grenznahen Süddeutschland gegebenen Klavierkonzert in D-Moll, welchem auch hohe Vertreter der NS-Regierung und der nationalen Mozart-Liga beigewohnt hatten, nicht mehr lebend in ihre französische Heimat zurück.

Serge-Amias, der noch versucht hatte, sie von diesem Vorhaben abzubringen (so war es für eine französische Künstlerin zu dieser Zeit und in diesem Land nicht ungefährlich Konzerte zu geben – selbst wenn man gewisse Komponisten aussparte, um nicht unnötig unangenehm aufzufallen, auch dann, wenn man einen ganz und gar deutschen Nachnamen aufzuweisen hatte), war nach dem entsetzlichen Ausbleiben ihrer von ihm so leidensvoll erwarteten Rückkehr geradezu zerschmettert.

Was sie gesagt oder getan haben mochte, er wusste es nicht. Doch übel genommen hatte man es ihr ganz offenbar. Persönlich suchte er nach ihr, reiste eigens in das feindliche Deutschland – vergebens. In einem in Baden-Baden errichteten Tötungslager für psychisch Erkrankte und politische Gegner verlor sich ihre Spur.

Ausgerechnet ein junger, dunkelhaariger schlanker und hochgewachsener Franzose mit einem bretonischen Vornamen gab ihm, just dort in Baden-Baden, lässig mit dem Rücken zur Wand an eben diesem Lager lehnend noch den Rat nicht weiter zu suchen.

Es habe nämlich einfach keinen Sinn weiter zu suchen. *Keinen Sinn, tu l'as compris? Il est trop tard. Trop tard. Je suis désolé.* Mael, so der Name des jungen Mannes, gab ihm die Hand wie ein Deutscher, dann verabschiedete er sich mit beinahe korrekter Höflichkeit von Serge ohne jedoch davon abzuweichen ihn in gar zu plumper Vertraulichkeit auch noch bei der Verabschiedung zu duzen. Was Serge noch sah, bevor er abreiste, war ein Berg von Schuhen.

Er glaubte die hohen, dunkelgrau-melierten Schnürschuhe seiner Geliebten, seiner Claire, darunter zu sehen. Serge glaubte es nicht nur. Vielmehr war er sich dessen gänzlich sicher. Und gerade darum flüchtete er von diesem Ort der Un-menschlichkeit und der Abscheulichkeit. Sein persönlicher Widerstand gegen die Tatsache, dass er Claire für immer verloren hatte, war keiner den man zur Nachahmung hätte empfehlen können, doch liegt es in der

Natur des Menschen, dass ein jeder seinen eigenen Widerstand wählt, mal zum Besten und mal zum Schlechtesten. Verurteilen dürfen wir es schwerlich.

Später heiratete Serge Amias Clarisses Schwester Anouk, welche, obgleich nicht an ihre Schwester heranreichend, sie ihn doch immerhin ein wenig an diese erinnerte.

Doch Respekt zu erwarten, ich bitte Sie, dies wäre eindeutig zuviel gewesen was man von dem vom Schicksal so geschlagenen Serge Amias Alexandre hätte erwarten können. Nach Clarisse konnte sich diesen keiner mehr bei ihm erdienen. Obgleich besonders der Sohn, also Khimère selbst, es ständig versuchte.

Anouk hatte vor Jahren damit aufgehört, wenngleich sie ab und an, beinahe unmerklich, leise und nahezu verstummt wie ein uralter, trauriger Geist, dann und wann in alte Muster und in frühere Zeiten zurückzugleiten schien.

Lassen sie meinen Geist nun ebenfalls in frühere Zeiten zurückgleiten.

Lassen Sie mich Geschichten vom Widerstand erzählen, ob gelungen oder nicht, ob äußerlich oder innerlich.

Widerstand, er liegt, das ist das Glück in unserem großen Unglück als Menschen, dennoch zugleich in unserem Geschick.

(Aus: „In den Schuhen der Welt")

Der Morphinist

Ich kann nicht mit Sicherheit sagen, warum ich nach so vielen Jahrzehnten an meinen alten Arzt aus der Kinderzeit zurückdenken musste.

Doch im Grunde, um ganz ehrlich zu sein, kann ich einen solchen Zusammenhang zumindest vermuten, jetzt, wo ich im Krankenhaus liege, und man mir zur Linderung meiner Schmerzen Morphium verabreicht.

Noch sind es geringe Dosen. die meinen Verstand noch nicht allzu sehr eintrüben. Vielmehr umgibt mich ein Gefühl von Wärme und Weite: Es fühlt sich so an wie das Grundgefühl meiner Kindheit, welches nur ab und an durch schwerere Erkrankungen unterbrochen wurde. Ob man als Kind sein eigenes Morphium produziert - im übertragenen Sinn natürlich? Ich erinnere mich an viele Sommerabende am Fuschlsee in der Nähe der Stadt Salzburg, wo ich meine Kindheit (und wie mir scheint eine der glücklichsten Kindheiten überhaupt) verbracht habe. Wir sind nach dem ersten großen Bombenangriff aus Leipzig, bei dem unsere Kirche zerstört und der mit meinen Eltern befreundete Pfarrer mit seiner gesamten Familie (einschließlich des Hundes) getötet wurden, hierher gezogen. Das Ferienhaus war schon seit längerer Zeit im Besitz meines Vaters, und man merkte, vor allem als Kind, so gut wie nichts vom

Krieg, der in ganz Europa wütete. Lediglich die Präsenz des Reichsministers des Auswärtigen, Joachim von Ribbentrop, der den halben See für sich hatte sperren lassen und das Schloss okkupierte, erinnerte daran, wer in diesen Jahren im wahrsten Sinn des Wortes am Ruder saß. Doch selbst dies wurde unwichtig, blieb doch uns allen zumindest noch die zweite Hälfte des Fuschl - Sees übrig. Mehr konnte man sich ohnehin kaum träumen lassen. Vergessen war bald die Kirche, die uns einen Halt geboten hatte, vergessen der tote Pfarrer samt Ehefrau und die Kinder, welche in meinem Alter gewesen waren. Der See selbst, die ganze Natur um uns herum wurde zur Kirche, und andere Menschen, von unserer kleinen Familie ab-gesehen, brauchten wir nicht mehr – mit einer Ausnahme.

Wir benötigten von Zeit zu Zeit diesen älteren Arzt, Dr. Hofer, der sich nicht scheute in den dunkelsten Nächten, bei Regen und Sturm bis zu unserem sehr abgelegenen, sich beinahe im Gebirge befindenden Häuschen zu mir zu fahren in den qualvollen Stunden, in denen meine oft wiederkehrenden Krankheiten dies erforderten. Wenn er kam, dann breitete sich das Gefühl der Geborgengeit und Wärme noch weiter aus. Eine schwer zu beschreibende Ruhe und Gelassenheit ging von ihm aus – gepaart mit der Gewissheit, dass ich wieder gesund werden würde. Ich liebte diesen Arzt, und einmal schenkte ich ihm meinen größten Schatz, eine tote Fledermaus, deren Flügel man bewegen konnte.

Ein einziges Mal war ich in seiner Praxis, die von einem blühenden Garten und Kirschbäumen umgeben war. Es war kein Krankenbesuch. Vielmehr hatte meine Mutter ihm einen Kuchen gebacken. Die Hefe roch, gemeinsam mit den warmen Äpfeln und den Nelken, unter dem Tuch hervor, der ihn bedeckte. Einer der Äste eines Kirschbaumes befand sich so nah am Fenster, dass man direkt vom Zimmer aus nach den Kirschen greifen konnte, und die Augen des Arztes ruhten freundlich auf mir. Ein kleiner, aufgeplusterter Vogel mit grauer Brust saß auf einem der Äste. Ich versuchte ihn zu ver-scheuchen, so wie Kinder Vögel immer zu ver-scheuchen suchen. Doch er saß nur da, legte sein abgewetzt wirkendes Köpfchen ein wenig schief und sah mich an. Er gefiel mir, so wie alles andere, und ich verwarf mein ursprüngliches Vorhaben ihn zu vertreiben. Wie diesen Garten so hatte ich mir damals das Paradies vorgestellt, und ich dachte, dass jemand, der hier wohnen durfte, mit Sicherheit ein rundum glücklicher Mensch sein musste. Später erst habe ich erfahren, dass dieser immer so ruhige, freundliche Arzt ein Morphinist war, und ich kann nicht mehr mit Bestimmtheit sagen, ob die von ihm ausgestrahlte Ruhe auf diesen Umstand zurückzuführen war, oder ob sie tatsächlich seinem Wesen entsprochen hatte. Beinahe wage ich nun daran zu zweifeln. War er nicht viel eher ein sensibler, ängstlicher Mensch gewesen, der des Morphiums bedurft hatte, um all die schrecklichen Geister der Krankheit, des Krieges, der Trauer um den frühen Tod seiner Frau und der Sorge um seinen sich damals an der Front befindenenden Sohn in sich zu überdecken? War all der gezeigte Optimismus, den er auf mich übertragen hatte, im Grunde nur die zaghafte Lüge des wahrlich Verzweifelten? Doch selbst wenn – mir selbst hatte sie in all ihrer zaghaften Glaubwürdigkeit damals das Leben gerettet. Kurz darauf jedoch wurde ihm das Seine genommen. Sein Dienstmädchen hatte ihn belauscht und den entsprechenden Zuständigen gemeldet, dass der Herr Doktor im Radio den Feindessender gehört habe. Noch in derselben Woche wurde er nach Dachau deportiert, wo er nach wenigen Tagen, bedingt durch einen plötzlichen Morphium-Entzug, dem weder sein Körper noch sein Geist gewachsen waren, elend verstarb. Das mit seinem Geist wurde von niemandem erwähnt, doch scheint es mir beinahe naheliegender zu sein als das Versagen seines Körpers, welcher, daran vermochte ich mich besonders gut zu erinnern, eine ganz eigene Kraft ausgestrahlt hatte, die mit Sicherheit nicht in so kurzer Zeit aus ihm herausgetrieben hatte werden können. Doch sein so feiner, komplexer Geist, seine mitfühlende Sensibilität...ich denke, dass bereits wenige Stunden im Konzentrationslager ausgereicht hatten, um ihm den Lebenswillen zu nehmen. Fast glaube ich es selbst in mir zu spüren, *dieses Versagen des Willens.*

Der Morphinist, so nannte man ihn nun – anstelle seines Namens. Wohl, um ihm noch etwas mehr seines Mensch-Seins zu nehmen, um seinen Tod noch etwas besser vor sich selbst zu rechtfertigen. Für mich hingegen war es kein abwertendes Wort der Klassifizierung und der Reduzierung eines Menschen. Ja, er war ein Morphinist gewesen, doch aus Gründen, die sich den zumeist einfachen, etwas groben und bäuerlichen Menschen der Ortschaft entzog. Und dann ereignete sich im Haus mit dem paradiesischen Garten noch eine weitere Tragödie. Nach dem Tod des Arztes hatten sich neue Leute dort eingenistet, und da keine Verwandten da waren, dachten sie wohl, dass das Schicksal ihnen dieses Haus einfach zugespielt habe. Als nun der Sohn des verstorbenen Arztes schließlich nichts ahnend von der Front heimkehrte und in sein Elternhaus trat, in der Erwartung dort auf seinen Vater zu treffen, erkannte das Paar ihn und sah sich um das Haus betrogen. Es war die Frau, so konnte man es später auch in der Zeitung nachlesen, die ihn mit einem einzigen Pistolen-schuss aus der Welt beförderte.

Er war sofort tot. Sie kam für ein Dutzend von Jahren,

eingepackt wie ein Dutzend Tomaten, ein Dutzend, also zwölf. Zwölf Jahre kam sie ins Gefängnis, und im Dorf gab es über Monate hinaus Gesprächsstoff.

Doch all diese Gespräche bargen in sich ein dunkles Schweigen. Aus dem Haus mit dem paradiesischen Garten war etwas Unsagbares, etwas Unheimliches geworden.

Oft denke ich daran wie gut es ist, dass man sein eigenes Schicksal nicht voraussehen kann.

Der Sohn meines Arztes...wie oft mochte er sich in Gedanken seine Rückkehr ausgemalt haben, als er in den Schützengräben lag, oft nur um Haaresbreite überlebt habend. Eine Rückkehr in das erhoffte Vergessen. Und mein Arzt selbst. Sicherlich hatte er sich einen friedlicheren Tod vorgestellt. Vielleicht sogar inmitten seines so schönen Gartens, eingehüllt in das wohlige Gefühl, welches die Mischung aus Morphium und Sommer-abenden hervorgebracht hätte, wie ein Vorgeschmack auf das, was sich gute Menschen, und zweifelsfrei war er ein guter Mensch, vom Tod erwartet hatten. Was ich vom Tod erwarte, weiß ich nicht. Mein eigenes Schicksal liegt glücklicherweise ebenfalls im Dunkeln, und selbst wenn es merkwürdig klingen mag - es ist mir ein Trost.

In letzter Zeit träume ich oft von den Kirschen, die in das

Fenster des Hauses hineinreichten. Es heißt, dass man mit Morphium mehr und farbiger träumt, doch weiß ich nicht, ob es tatsächlich damit zusammenhängen mag.

Am Ende wird es nicht wichtig sein. Und bis dahin kehre ich in meinen Träumen zurück in den Garten wie er an diesem einen Tag war – am Tag, an dem wir den Arzt in seiner Praxis besucht hatten.

Der Geruch von frischer Hefe und Butterstreuseln, der sommerliche Schweiß auf meiner Haut, der Blick des Arztes und das Lachen meiner Mutter, die Kirschen, meine geliebte tote Fledermaus und ein kleiner, unscheinbarer Vogel, der einfach nicht davonfliegen wollte.

Schon damals habe ich ihn verstanden.

(Aus: „Des Wahnsinns Beute")

Frau Silbermanns Brille

Nachdem die fettglänzend- schwarze Katze, die bei mir Unterschlupf gesucht und gefunden hatte, was bei ihrer Fellfarbe, wie mir versichert wurde, durchaus nicht leicht war, schien sie sich bis zum Zeitpunkt an dem meine große Pechsträhne begann ganz außer-ordentlich wohl zu fühlen. Doch vom Beginn der ersten Anzeichen, die auf das Nachlassen meines Glücks verwiesen, mied sie mich und verbarg sich, so wie sie es schon früher zu tun gepflegt hatte, unter Autos oder neben kleineren, moos-bewachsenen Mauerabsätzen. Zunächst dachte ich mir noch nicht allzu viel dabei. Es war bekannt, dass Streuner, wie es die Schwarze nun einmal war, nicht unbedingt sesshaft werden würden. Doch als mich vom Weg vom Bäcker das Eichhörnchen, das den großen Baum vor der Kurve die zum Bäcker hinführte, begann mich anzuzischen da wusste ich, dass ich verloren hatte.

Wenn Eichhörnchen beginnen einen anzuzischen dann hat man immer verloren. Obwohl, vielleicht irrte ich mich, und meine Pechsträhne hatte schon weitaus früher begonnen und von dort aus ihren unge-hemmten Lauf genommen. Mit Sicherheit, so ist das eben, kann ich es einfach nicht sagen. Wenn ich mich zumindest in die erste Zeit meiner Erinnerungen zurückbegebe so wurde ich zu jenem Zeitpunkt zwar noch nicht von Katzen oder Eichhörnchen

– durchaus aber schon von anderen Kindern gemieden. Etwas an mir schien sie abzustoßen, und es muss wohl verwandt mit dem sein, was die Katze und das Eichhörnchen an mir auszusetzen hatten. Ich selbst hatte also keine so rechten Freunde. Es wurde zwar von meinen Eltern immer mal ein Kind eingeladen, aber daraus entwickelte sich keine Freundschaft, was damals bereits mein mangelndes Vertrauen in die Menschheit begründete. Mit Ausnahme meiner Eltern, und Frau Silbermann, unserer Nachbarin allerdings, und zudem machte es mich nicht traurig. Ich mag es die Dinge so zu sehen wie sie sind, und die Wahrheit kann mich von daher nicht allzu sehr treffen. Sie brach nie über mich herein. Vielmehr war sie von Anfang an dabei. Und über das Vertrauen zur Menschheit hinaus gab es durchaus lohnenswerte Inhalte. Ich besaß andere wertvolle Dinge, eines davon war eine kleine Eiersammlung.

In einer Zigarrenkiste war der Boden mit Scheuersand bedeckt. Darauf lagen ein Hühnerei, ein Taubenei, ein Kiebitzei, ein Sperlings Ei und ein Schwalben Ei.

Und ich besaß einen großen Pappkarton. Am liebsten zog ich diesen an einem Bindfaden hinter mir her, und wenn Leute mir entgegenkamen stieg ich schnell in den Karton und klappte den Deckel zu. In der näheren Nachbarschaft wohnte, nur ein paar Schritte entfernt, meine geliebte, alte

Frau Silbermann. Sie schenkte mir eine Brille mit aufgemalten, interessiert blickenden Augen, hinter denen man schlafen konnte. Und die Gesellschaft meines Vaters war mir zu jeder Zeit sicher. Manchmal begleitete ich ihn zur Bahnhofsgaststätte des Alfons Müller. Dort konnte man Bier trinken. In der Gaststube stand ein großes Aquarium, das wegen seiner vielen Algen völlig grün war. Interessant fand ich etliche an der Wand aufgehängte Trophäen, u.a. die „Säge" eines Sägefisches. Auf der Straße trafen wir ab und zu den dicken Major Schulz mit seinem roten Gesicht. Vater meinte, der sei im heißen Afrika gewesen und habe sich dort das Biertrinken angewöhnt. Ab und zu verreisten wir für ein paar Tage mit dem Zug von Leipzig nach Österreich. Dort gingen wir auch Mittagessen.

Da gab es den Brunnerwirt, die Seerose, das Hotel Schlick. Das Strandbadrestaurant, den Mohren und den Sandwirt, der ganz hinten im Dorf war. Oberhalb des Sandwirts fanden wir einmal eine tote Kreuzotter. Weiter oben im Dorf befand sich der Metzger Lehrberger. Seine dicke Frau verkaufte Fleisch und Wurst in Dekagramm. Sie hatte einen großen Schäferhund.

Ihr Mann starb dann am Darmverschluss.

Unabhängig davon hat es mir in Österreich jedoch fast

immer gut gefallen. Nur Frau Silbermann vermisste ich während dieser Reisen. Als wir einmal früh nach-hause abreisen wollten, war eine Fledermaus ins Zimmer geflogen. Die wäre ja im Zimmer verhungert. Da sie nicht hinausfliegen wollte, erschlug sie Vater mit einem Besen, damit sie lieber einen schnellen als einen qualvollen, langsamen Tod hätte, und warf sie aus dem Fenster. Ich holte sie schnell aus dem Garten, nahm sie mit, holte sie im Zugabteil hervor, zog ihre Flügel auseinander und zeigte sie den Mitreisenden.

Vermutlich hielt man mich für ein recht merkwürdiges Kind. Doch das kümmerte mich nicht. Zu Ostern 1940 wurde ich in der Alexanderstraße eingeschult. Die Schule, beziehungsweise ihre Lage, erforderte einen langen Schulweg durch das Rosental und lag in der Nähe des Zoos. Zur Einschulung bekam ich eine große Zuckertüte. Die Einführungsrede hielt in der Aula Direktor Oberreich, ein überzeugter, Nazi, in ent-sprechender Haltung, selbstverständlich mit brauner Parteiuniform und mit der dazugehörenden obliga-torischen Hakenkreuzarmbinde. Dazu sangen uniformierte BDM-Mädchen mit großer Begeisterung und Pathos für uns Erstklässler: *„Wir sind jung, die Welt steht offen, o oh schöne weite Welt..."* Danach ging es dann ins Klassenzimmer. Unser Klassenlehrer war alt und katholisch. An die Tafel war, was zu all den bösen Vorzeichen überhaupt nicht recht passen wollte, mit bunter Kreide ein Frühlingsbild gemalt. Wir erhielten Anweisung welche Bücher wir zu kaufen hatten. Wir konnten auch Kakao bestellen, der täglich geliefert wurde. Auch gab es KDA-Bilder (vom Verein für das Deutschtum im Ausland) mit deutschen Generälen zum Sammeln und eine Sparkarte. Zu Anfang der ersten Stunde musste der Klassen-sprecher Ackermann Meldung machen. Das klang so: „Melde Klasse 1 a, Klassenstärke 30, 3 fehlen." Dabei stand er stramm und erhob den Arm zum Hitlergruß. Der Direktor war ein überaus gefürchteter, sadistischer Nazi. Außerhalb der Schule gab es aber auch schöne Momente. Ich ging mit Vater oft ins Rosental und er zeigte mir Vögel und Pflanzen. Auf der Rosentalwiese waren mehrere Flaktürme aus Holz zur Luftabwehr errichtet worden. Dort gab es auch den Schwanenteich, auf dem ich im Winter erste Schlittschuhversuche machte, denen aber ohne fachkundige Anleitung kein bleibender Erfolg beschieden war. Am 1. September 1939 begann der Zweite Weltkrieg, der das Leben schlagartig veränderte. Ich schlief in meinem kleinen Zimmer neben der Küche. Ich weiß noch, dass ich einen hellgrünen Schlafanzug mit bunten Tupfen anhatte. In der Nacht heulten die Sirenen und ich wurde aus dem Schlaf gerissen. Mit den Eltern musste ich in den Keller, wo sich die Hausbewohner einfanden und auf Stühlen an den Kellerwand Platz nahmen. Alte Leute konnten auf einem Sofa sitzen. Man hörte die Flak schießen und auch Detonationen von Bomben. Einige Luftschutzwarte gingen im Haus umher. Die Stimmung war gedrückt und angstvoll. Nach langer Zeit ertönte dann das Entwarnungssignal und die Bewohner kehrten in ihre Wohnungen zurück.

Die Kinder hatten nun ein neues Hobby. Sie suchten Granatsplitter auf den Straßen.

Zeitgleich mit dem Beginn des Krieges nahm die Vernichtungsmaschinerie der Nazis an Stärke zu.

Juden mussten einen gelben Judenstern tragen, im Rosental gab es einen Platz mit Bänken der Juden vorbehalten war, die wahrscheinlich genau registriert wurden. Niemand hatte Mitleid mit ihnen, zumindest hatte dies so den Anschein.

Das ganze Volk war oder schien total verhetzt und verroht. Einige Schulkinder spuckten sogar von den Fenstern ihrer Klassenzimmer aus auf die Juden herunter. Einer kranken Frau mit Judenstern half ich einmal über die Straße. Da wurde ich ebenfalls bespuckt.

Die Weihnachtszeit war für mich immer etwas ganz Besonderes. Da durfte ich mit meiner Mutter regelmäßig ins Weihnachtsmärchen. Dies wurde meist im Alten Theater aufgeführt, das leider ausgebombt und ver-schwunden ist.

Als Geschenk erhielt ich einmal eine elektrische Eisenbahn mit drei großen Waggons, eine Ritterburg, einen Kaufladen, eine Autorennbahn und wilde, geschnitzte Tiere.

Alles dies wurde in dem Spielzeugladen Hinkel und Kutschback und Wagner & Sohn gekauft.

Zum Geburtstag bekam ich einen Zauberkasten, so dass ich erstaunten Zuschauern meine Kunst-stückchen vorführen konnte. Leider begann um diese Zeit auch die Serie meiner Krankheiten. Ich bekam Scharlach mit hohem Fieber, so dass ich ins Krankenhaus auf die Infektionsstation musste.

Die Eltern konnte ich nur durch eine Glasscheibe sehen. Die Infektion legte sich auch auf die Nieren und das Herz. Ich war sehr lange im Krankenhaus und musste auch dort in den Luftschutzkeller. Außerdem bekam ich noch eine Mittelohrentzündung und musste am linken Ohr operiert werden.

Der 4. Dezember 1943 kam heran. In dieser Nacht erfolgte der erste Großangriff auf Leipzig. Wir saßen alle im Keller. Eine Brandbombe aufs Haus gefallen, aber es konnte größerer Schaden verhindert werden. Am nächsten Tag war keine Schule. Die ganze Stadt brannte. Ich machte mit Vater einen Gang durch einen Teil der Stadt.

Der Hauptbahnhof war getroffen, ebenso die Häuser am

Brühl, die Reformierte Kirche war ausgebrannt.

Der Pfarrer mit seiner ganzen Familie im Pfarrhaus tot. Das Alte und das Neue Theater, die Universität.

Das Bildermuseum ausgebrannt, das Panorama zerstört. Die Stadt ein Flammenmeer. In der Karl Tauchnitzstraße brannten die Villen. In einer sah man die Möbel brennen weil die Hauswand fehlte.

An der inneren Wand hing noch ein Ölgemälde. Auch auf dem Johannis-Friedhof gab es Zer-störungen.

Die Bomben hatten Gräber zerstört, in denen man zertrümmerte Särge sah. Knochen lagen verstreut auf dem Todesacker.

Auch das Botanische Institut im Botanischen Garten war vollkommen zerbombt.

Nach diesem verheerenden Angriff wollten wir nur noch fort aus Leipzig und kamen bei meinem Onkel August in der Nähe von Sprottau unter. Frau Silbermann weinte, als ich mich von ihr ver-abschiedete. Ihre Brille beschlug und ich fand es komisch, dass auch erwachsene Leute weinten. Aber traurig war ich ebenfalls, sogar sehr.

Hier an der Straße nach Sprottau stand das Haus der Frau Casimira von Kügelgen. Sie war Jüdin und hatte ein großes Herz. Ihr Mann lebte nicht mehr, war aber ein bekannter Adliger gewesen. Deswegen ließ man die Frau, damals jedenfalls, in Ruhe. Mit Frau von Kügelgen freundete sich meine Mutter schnell an. Sie fanden sofort eine große

Sympathie füreinander. Sie rauchten Zigaretten durch eine hölzerne Zigarettenspitze und unterhielten sich.

Im Winter lief ich Ski.

Bei einer Abfahrt stürzte ich auf einen Sturzacker und bei einem Ski brach die Spitze ab. Dieser wurde zwar mit Bleck repariert, glitt aber nicht mehr so gut wie vorher. In einem Nachbardorf lebte der Schneider Fellenberg.

Der sollte mir aus einer alten Hose eine neue schneidern. Schneider Fellenberg hatte ein völlig ver-unstaltetes Gesicht, denn ihm fehlte die Nase, ein Andenken an den Ersten Weltkrieg, wie er sagte.

Die Hose wurde bis zu unserer Abreise nicht fertig, und wir haben niemals mehr etwas von Fellenberg oder der Hose gehört.

Aus dem Radio erfuhren wir stets wann wieder ein großer Angriff auf Leipzig stattgefunden hatte. Einmal kam ein Bekannter des Herrn von Neumann, unseres Nachbarn in Sprottau zu Besuch.

Er wollte einen Hirsch erlegen. Ob aus diesem Vorhaben etwas wurde, kann ich nicht sagen.

Dieser Herr hat sich später jedenfalls, beim Einmarsch der Russen in seiner Wohnung erschossen.

Mit dem Fortgang des Krieges reisten wir wieder nach Österreich. Dort sahen wir immer öfter am blauen Himmel Geschwader amerikanischer Bomber. Sie flogen aber über uns hinweg. Aber auch Salzburg wurde bombardiert und der Dom, sowie Mozarts Wohnhaus, das getroffen wurde. Einmal verlor ein Bomber etliche Bomben, die meist aufs freie Feld fielen und dort tiefe Krater hinterließen. Eine fiel neben den Garten des Schreiners Enziger. Häuser wurden nicht beschädigt, aber ein weißer Spitz musste sein Leben lassen. Die Mittelohrentzündung von 1941 hatte sich weiterentwickelt. Ich sah doppelt, konnte die Zunge nur schief herausstrecken und hatte außerordentlich starke Kopfschmerzen. So wurde ich schnellstens in ein Landeskrankenhaus in Salzburg eingeliefert und musste dort sechs Wochen bleiben. Mehrere schwere Operationen auf Leben und Tod musste ich überstehen. Das Fieber und die Bakterien wurden mit dem von den Amerikanern gelieferten Penicillin bekämpft.

Ich wurde nach überstandener Behandlung, gemein-sam mit einem anderen Patienten in einem Kollodium den Amerikanern vorgestellt. Der Primararzt, der mich operiert hatte, hieß Dr. Chlamda. Er starb später an einem Herzinfarkt während einer Fahrt mit seinem Auto. Mein Vater schickte der Familie eine Kondolenz, doch auch ihn hatte der Tod bereits gestreift.

Vater hatte schon seit mehreren Jahren ein Prostata-leiden. Er musste seit geraumer Zeit ein Dauer-katheder tragen und musste immer wieder und immer häufiger nach Salzburg zu Dr. Kasseroler.

Es erhob sich die Frage, ob er sich operieren lassen sollte oder nicht. Er besprach es aber nicht mit meiner Mutter, vermutlich wollte er sie schonen. So musste er schließlich ins Krankenhaus.

Mutter wollte ihn eines Tages besuchen. Ihr Besuch verzögerte sich aber, da der Bus abrutschte und an einer Wand hängen blieb. Zu diesem Schreck kam bald der nächste. Als sie schließlich im Krankensaal anlangte, erhielt sie den Bescheid, dass Vater gerade operiert werde. Vater lag längere Zeit im Krankenhaus und es zeigten sich keine Genesung und kein Fortschritt.

Eines Tages, es war er 11. September 1946, holte ich mit Mutter Holz im Wald.

Als wir heimkamen, erschien ein Postbote mit einem Telegramm. Es enthielt folgende Worte:

„Vater im Sterben, Landeskrankenhaus." Wir ließen alles stehen und liegen. Wie wir nach Salzburg gekommen sind, weiß ich nicht mehr. Wahrscheinlich haben wir ein Auto angehalten. Vater lag nicht in seinem bisherigen Bett. Man hatte ihn in eine Ecke gelegt, in die er eigentlich nicht gewollt hatte, da hier schon jemand verstorben war.

Vater sah sehr verfallen und weiß aus. Er ahnte, dass es mit ihm zu Ende gehen würde, denn er sagte: „Morgen früh um acht ist alles vorbei". Wir gingen dann zu einem älteren Ehepaar, das wir kennen-gelernt hatten, und wo wir übernachten konnten. Halb sieben Uhr abends ist Vater dann gestorben. Wir durfte ihn noch einmal sehen in der sogenannten Prosektur.

Man konnte nur seinen Kopf sehen. Sein Körper war mit einem weißen Laken bedeckt.

Die Trauerfeier in der alten Friedhofshalle des Salzburger Kommunalfriedhofs hielt ein Pfarrer Kruse aus Norddeutschland.

Vaters Sarg war vorher im Schaugang des Friedhofes ausgestellt. Er hatte nur einen ganz einfachen Brettersarg mit einer schlichten, weißen Papierkrause.

Die Trauergemeinde konnte man an den Fingern abzählen: Mutter, ich und drei Bekannte

Unser ganzes Bestreben war nun Österreich zu verlassen und nach Leipzig zurückzukehren, denn wir wollten dem Elend in Österreich entfliehen. Eine Ausreisegenehmigung erhielten wir damals im Herbst 1948 nicht, und so blieb uns nur die Flucht. Mutter hatte bei einem Schwarzhändler 100 DM ein-getauscht. Es waren aber nur 50.- West und 50.- Ost. Wir fuhren mit unserem Gepäck mit einem Lastwagen der Firma Leitner nach Salzburg.

Meine Mutter konnte im Führerhaus mitsitzen, ich saß oben auf dem Lastwagen, der mit Kisten beladen war. Es wurden auch noch 2-3 tote Kälber darauf geworfen, so langten wir in Salzburg an.

Dann ging es nach Großgmain. Es liegt an der Landes-Grenze.

Gegenüber befindet sich das deutsche Bayrisch Gmain. Dazwischen bildet ein ausgetrocknetes Bachbett die Landesgrenze. Dieses Bachbett überschritten wir unbehelligt und kauften uns eine Fahrkarte nach Hof. In Hof, wo wir bei einem Bekannten meiner Mutter unterkommen konnten, rettete ich eine kleine schwarze Katze vor dem sicheren Ertrinken und wir sammelten Bucheckern und Nüsse, was uns die Eich-hörnchen in der Gegend wohl übel nahmen. Die Katze ist dann doch noch, sehr qualvoll. bei einem Brand gestorben und der etwas grobe Bekannte, bei dem wir Unterschlupf gefunden hatten schlachtete einmal mehrere Eichhörnchen.

Zu dieser Zeit herrschte eine Hungersnot im ganzen Land. Das werde ich nie vergessen. „Es wird nicht lange vorhalten", hatte er gesagt. „Doch ist es besser als nichts, und in der Not frisst der Teufel Fliegen." Schwarze Katzen und Eichhörnchen. Wie überaus seltsam, dass sie mich nun, im Alter, wieder einzuholen schienen.

Ob der Teufel damit zu tun hatte? Wenn ich es mir so recht überlege, so würde mich das alles, rückblickend betrachtet, eigentlich gar nicht so sehr wundern. Frau Silbermann, die alte Frau, die mir als Kind die Brille mit den interessiert wirkenden, aufgemalten Augen geschenkt hatte, war schon damals davon überzeugt gewesen.

„Der Teufel hat die Herrschaft über die Welt errungen". Wegen dieses Satzes hatte ich sie lange nicht mehr besuchen dürfen. So etwas durfte man damals nicht sagen.

Eines Tages war Frau Silbermann verschwunden.

Niemand konnte angeblich etwas über ihren Verbleib sagen, doch die verlegenen Gesichter verrieten mir etwas Gegenteiliges. Musste es wohl in der Zeit gewesen sein, in der ich mit meiner Familie in Sprottau gelebt hatte als man meine Frau Silbermann abgeholt, deportiert hatte.

Ich weiß noch, dass ich sie viele lange Jahre vermisst habe. Vielleicht ist das der Grund, warum ich jetzt, nach Jahrzehnten noch, ihre Brille bei mir trage.

Natürlich nicht *ihre* Brille. Nicht die, welche sie selbst getragen hatte und die beschlagen war von der Trauer und den Tränen und der Hast als wir uns verabschiedet hatten. Diese wird wohl auf einen der Stapel gekommen sein. So wie auch die Schuhe und all das, was man den Menschen genommen hatte, bevor man sie ins Gas geschickt hatte.

Nein, ich meine natürlich die Brille, die mir Frau Silbermann geschenkt hatte als ich ein Kind, und sie meine Nachbarin war. Die Brille mit den aufgemalten Augen.

Oft bin ich in Versuchung sie aufzusetzen um ein gewisses Interesse an dieser Welt zumindest nach außen hin noch ein wenig vorzugaukeln.

In Wahrheit jedoch ist mir eben dieses Interesse bereits vor langer Zeit abhandengekommen.

Als ich die kleine schwarze Katze von der Straße rettete, war es nochmals, wie zu einem Abschied, erneut aufgeflackert. Doch gerade so als ahnte die Katze wie es innerlich bereits seit Langem um mich stand begann sie mich zu meiden. Katzen wird zu Unrecht nachgesagt sie seien falsch. Sie sind ehrlich, sehr ehrlich sogar. Und das Eichhörnchen auf dem Weg zum Bäcker....wer weiß, vielleicht hatte es mich gar nicht angezischt.

Möglicherweise hat es mir eher etwas zugezischt.

Etwas, dass ich selbst schon länger wusste und nur nochmals bestätigt haben musste.

Indes, wer weiß das alles schon. Ich mit Sicherheit nicht. Morgen jedenfalls werde ich dennoch einen anderen Weg zum Bäcker nehmen.

Und vielleicht, aber nur vielleicht, werde ich dabei die Brille meiner alten Frau Silbermann tragen.

(Aus: „Brainterror" – Short Stories)

Mein Name ist Hannah Weiß. Ich komme aus der tiefsten Schweiz, und meine Familie beschwert sich oft und gern über meinen mangelnden Humor. Als wäre ich zu einem solchen verpflichtet. Was sollte das überhaupt bedeuten?

Möglicherweise wussten das meine Eltern aber selbst nicht. Ihre fast greifbare Ratlosigkeit im Umgang mit mir war schwer zu übersehen.

Als Kind wurde ich sogar regelmäßig zu einem Psychologen und zu einem Kräuterheiler nach St. Gallen geschickt. Die konnten aber auch nichts ausrichten. Niemand aus meiner gesamten Familie hat Deutschland jemals wieder betreten, seit meine Urgroßeltern, seit Martha und Johann Weiß, in diesem Land ermordet wurden. Aber es gibt, irgendwo im unheimlichen Süden dieses Landes, noch das feinste Feiertags-Porzellan meiner Urgroßeltern.

Eine Nachbarin hatte es damals für sie aufgehoben.

Wir haben es nie abgeholt, denn meine Familie hat sich geschworen, den Boden dieses Landes niemals wieder zu betreten.

Sie reden auch nicht über das, was war. Beinahe alles, was ich über den Holocaust weiß, habe ich mir aus

Büchern und Filmen angeeignet. Das Tagebuch der Anne Frank und andere dieser historischen Dokumente habe ich für eine Weile ununterbrochen gelesen. Immer wieder von vorne. Gesprochen habe ich darüber nicht, nicht mehr.

Das Gesicht meines Vaters sieht nämlich immer noch ein wenig müder aus als sonst, wenn ich ihn danach fragte. Todmüde trifft es am besten.

Seine Bewegungen sind oft langsam, und seine Stimme ist leise. Fast würde ich sagen, dass auch sein Humor etwas zu wünschen übrig lässt, im alltäglichen Leben meine ich. Aber das würde er nie zugeben. Meist wirkt er einfach nur erschöpft. Manchmal redet er über ihn, über den Weltuntergang. Als er noch jung war, hat ihm ein alter Mann aus dem Ort davon erzählt, während er vor dem Eingangsportal des Rathauses mit seinen Freunden herumsaß. Nach seiner Interpretation der Bibel wird sich sodann die Sonne verfinstern, der Mond wird sich blutrot färben und die Sterne werden vom Himmel fallen, so hat es der alte Mann meinem Vater offenbart. Als Kind habe ich nachts oft geschaut, ob der Mond noch weiß war. Manchmal sah es so aus, als seien die Sterne allesamt schon vom Himmel gefallen.

Seit dieser Zeit habe ich einen schlechten Schlaf.

Das Gute daran ist, dass ich mich dadurch immer genau

an meine Träume erinnern kann. Auch wenn viele dieser Träume schrecklich sind.

Ich weiß nicht, warum das so ist. Aber ich träume von Deportationen, von Gaskammern und von Sternen, die vom Himmel fallen. Meine alte Tante Lilli wundert sich, dass ausgerechnet ich, die junge Generation, so gar nicht über den Holocaust hinwegkomme. Vielleicht komme ich deswegen nicht darüber hinweg, weil meine Eltern alles totschweigen wollen oder *müssen*. Manchmal kann man es anders vielleicht auch nicht ertragen. Etwas in mir sträubt sich trotzdem und überaus mächtig gegen dieses Totschweigen- wollen oder – *müssen* meiner Eltern. Stille kann so sehr schmerzen. Ich weiß, dass ich mehr auf die Gegenwart bezogen sein sollte.

Und auf die Zukunft. Aber ich kann es nicht. Nicht ohne die Vergangenheit. Und ich bin mir sicher, dass sich meine Tante Lilli auch nicht wirklich darüber wundert. Sie möchte eben nur, dass ich glücklich bin, und es ist ihre Art mir das mitzuteilen.

Aber ich kann nicht einfach schweigend, andere und mich selbst täuschend in ein nicht in mir vorhandenes Glück eintauchen. Nicht einmal in das Leben. Das Leben, es ist so merkwürdig weit von mir entfernt.

Ich kann nicht einfach heucheln und vorgeben, im Ansatz – oder darüber hinaus glücklich zu sein, denn ich träume von Menschen denen man Unbeschreibliches angetan hat und ich träume vom unaufhaltsamen Anwachsen der Un-menschlichkeit und des Vergessens. Und es gibt nichts, was mich in solchen Nächten trösten könnte. Nicht einmal mein größtes Vorbild. Sein Name war Janusz Korczak, sein Beruf war der eines Arztes und Schriftstellers. Obgleich ihm damals in Polen ein unaufhaltsamer, mit Sicherheit steiler akademischer Aufstieg bevorstand, wählte er sich einen vollkommen anderen, einen entgegengesetzten Weg.

Er wollte nämlich viel lieber den Armen und Waisen in den Elendsvierteln Warschaus helfen. Das tat er dann auch mit ganzem Herzen. Janusz Korczak selbst litt viele Jahre seines Lebens unter der tückischen Krankheit übermäßiger Traurigkeit.

Aber er war kämpferisch genug, um sich von dieser nicht besiegen zu lassen. Er kämpfte den Kampf den so viele vor ihm und so viele nach ihm verloren. Denn übermäßige Traurigkeit ist, das habe ich bereits erfahren, die stärkste Gegnerin überhaupt. Sie höhlt einen von innen heraus aus und macht einen brüchig, so dass jede Erschütterung die Gefahr des Zerbrechens erhöht. Gegen sie zu verlieren ist keine Schande. Doch Korczak verlor selbst gegen sie nicht. Er ließ sich einfach nicht besiegen. Auch nicht von den Nazis. Korczak hatte einen geradezu unbezwingbaren Geist. Seine Stärke schien mir dabei immer übermenschlich zu sein. So als widerspräche er den Gesetzen der Physik indem er, wenngleich durchzogen von brüchigen Linien wie grob erschüttertes Porzellan, er sich einfach strikt und tapfer weigerte sein doch so augenscheinliches Zerbrochen-Sein zu akzeptieren und dadurch wie ein Unzerbrochener, ein unbezweifelt Unbesiegter mit den Kindern in den Tod zu gehen.

Ich denke, dass es sein Gewissen war, seine moralische Stärke, die ihm diese große, eine sehr große Kraft verlieh. Insofern war sie menschlich. Nur eben, in einer Zeit ohne Gewissen musste sie kontrastierend einfach schon beinahe übermenschlich, heroisch erscheinen. Anders kann man es, in der Tat, kaum deuten. Direkt nach dem Kriegs-ausbruch 1939 zog er seine polnische Offiziersuniform wieder an und demonstrierte auf diese Weise deutlich seine ganze, seine uneingeschränkte Loyalität mit dem polnischen Volk. Als das Ghetto errichtet wurde, musste das jüdische Waisenhaus ebenfalls in ein Haus innerhalb der Ghetto-Mauern ziehen.

Dort lebten Korczak und die Kinder. Sie lebten dort bis die Nazis am 22. Juli 1942 mit der Massentötung der Bevölkerung des Warschauer Ghettos durch die

Deportationen nach Treblinka begannen.

Am Mittwoch, dem fünften August 1942, war das bisher noch verschont gebliebene Waisenhaus Korczaks an der Reihe. Korczak selbst hatte wiederholt die Möglichkeit gehabt, sein eigenes Leben zu retten. Aber alle diesbezüglichen Vorschläge lehnte er empört ab. Er hätte eine solche Tat wohl als Verrat an den Kindern und an seiner Aufgabe, an seinem Gewissen betrachtet. Und ich denke, dass er, als ethisch hochstehender Mensch der er war, er einfach so handeln musste.

Ein immer wiederkehrender Alptraum von mir ist die Deportation von Korczak und den Kindern. Ich hatte darüber gelesen. Danach war es mir ganz unmöglich, es zu vergessen.

„Alle raus!", brüllten die SS-Männer und umstellten dabei das Waisenhaus. Die Kinder kamen die Treppe herab und stellen sich in Viererreihen auf. Janusz Korczak verließ als Letzter mit einem Kind auf dem Arm das Haus.

Die Kinder nahmen sich an der Hand. Korczak ging an der Spitze. Die Menge wich, so habe ich es gelesen, vor Korzcak, dem *„König der Kinder"* und den hinter ihm gehenden 200 Waisen zurück. Eine lange Zeit brauchten sie bis ans andere Ende des Ghettos.

Hier wartete bereits der Todeszug nach Treblinka. Mein

Traum endet immer an dieser Stelle, immer wieder schrecke ich in dem Augenblick auf, in dem der Zug das Ghetto verlässt. Und ich bin erleichtert, dass es hier abbricht. Obgleich ich auch davon träume. Nur wenigstens nicht im Zusammenhang mit Korzcaks Kindern.

Bis in den August 1943 hinein sterben in Treblinka 870.000 Menschen. Es gibt heute nur ein einziges Grabmal mit einem Namen darauf: *„Janusz Korczak und seine Kinder".*

(Aus: „Vom Mut des Drachentötens")

Der stumme Soldat

Nach dem verlorenen Krieg 1945 wurden die Frauen der Verlierer zum öffentlich erklärten Freiwild für die Siegermächte. Ich wurde allerdings, das war mein Glück, jedes Mal verschont und konnte ihn auf mein so junges Alter, ich war 14 Jahre alt, aufmerksam machen. Man sagte mir oft, dass es anders aussähe, wenn ich nur etwas älter wäre.

Die Angst, irgendwann einer Vergewaltigung nicht mehr durch meine Argumente entkommen zu können, blieb. Tadeusz, der Bauer, auf dessen Hof ich zur Zwangsarbeit verpflichtet war, blieb nicht der Einzige.
Stalin, der uns Frauen zu Menschen ohne Rechte gemacht hatte, trug seinen Einfluss weit ins Land. Auch der Mann der Schwägerin von Tadeusz versuchte es bei mir, ebenso der Cousin der Frau, die Tadeusz im Juni zu heiraten beabsichtigte.
Die Zeit auf dem Hof war furchtbar. Mein Glück war immerhin, dass ich - im Gegensatz zu so vielen anderen - ausreichend zu essen hatte.
Auf den Bauernhöfen war die Not in dieser Hinsicht nicht so groß wie sonst beinahe überall.
Die im Juni neu angeheiratete Frau des Polen erwies sich als eine stille, freundliche Frau. Sie sagte nichts Schlechtes über die Deutschen. Auch das war immerhin ein kleines

Glück für mich. Die kleinen Dinge können in solchen Momenten zu großen Dingen anwachsen. Wenn man mit Menschen lebt, deren Blicke einem verraten, wie sehr sie einen hassen, wie unerträglich die eigene Gegenwart für sie sein musste, dann sind auch kleinste Andeutungen einer ruhigen Sympathie etwas, das einem gerade so viel Mut zu geben vermag, dass man irgendwie weiterleben kann. Eine der ebenfalls auf dem Hof wohnenden Schwägerinnen des Bauern hatte es sich zur Gewohnheit gemacht gehässig zu mir zu sein.

Die Söhne aus Tadeusz´ erster Ehe taten es ihr gleich. So äffen die Jungen die Alten nach, und nichts geht voran.

Auf dem Feld musste ich arbeiten wie ein Mann und niemand kam mir zur Hilfe. Ich begriff schon, dass sie voller Rachegedanken waren, voller Hass auf Deutsche.

Vielleicht wäre ich ebenso gewesen an ihrer Stelle. Doch ich war nicht an ihrer Stelle. Ich war auf der anderen Seite, und ich hatte für etwas zu büßen. Das bekam ich Tag für Tag zu spüren. Wenn man vierzehn Jahre alt ist, versteht man so etwas nicht.

Unter Umständen versteht man es sogar niemals. Möglicherweise ist es nicht zu verstehen.

Vielleicht ist Unmenschlichkeit einfach nicht zu verstehen - egal, durch wen oder was sie ausgelöst wird. Sie steht für all das, was uns Menschen voneinander trennt. Und in jener Zeit gab es so Vieles, das uns voneinander trennte.

Im Alltag bekam man es zu spüren. Nicht nur durch die ständige Angst, einfach erschossen oder aber in das Konzentrationslager gebracht zu werden.

Man bemerkte es auch bei kleineren, alltäglicheren Dingen.

Einmal konnte ich nicht aufstehen. Eine verschleppte Lungenentzündung hatte mich so geschwächt, dass ich nach einer neuen Infektion beim besten Willen nicht mehr in der Lage war aufzustehen. Diese Begebenheit blieb mir bis heute deutlich im Gedächtnis. Jeder Atemzug schmerzte so, dass mir unwillkürlich die Tränen in die Augen schossen.

Eine tiefe Müdigkeit hatte mich dabei halbwegs gnädig eingehüllt.

Die Schwägerin von Tadeusz tat derweil nichts anderes als mich zu beschimpfen.

Jedoch prallte dies nicht an meinem Vorhang der Schwäche ab, sondern drang durch die weiche Verletzbarkeit seines Gewebes mitten in mich hinein. Dies zu ertragen war schwer.

Sie, deren Schwester im Konzentrationslager von Deutschen ermordet wurde, hasste mich nun ihrerseits mit solch mörderischer Inbrunst, dass ich tatsächlich um mein Leben fürchtete.

Es hätte mich nicht gewundert, wenn man mich dort einfach getötet hätte. Geahndet hätte dies ohnehin niemand. Und sicherlich wäre es nicht schwer gewesen.

Einmal, in einem Anfall von Tollkühnheit und Verzweiflung, war ich sogar geflohen, wurde jedoch von der Polizei zurückgebracht. Ein Polizist, der früher bei meinen Verwandten Knecht war, saß auf dem Polizeiwagen. Sein Name war Jannek.

In diesem Moment war er meine Rettung. Es kam zeitgleich nämlich gerade ein russischer Wagen vorbei, und der russische Kommandant wollte wissen, ob ich eine Deutsche sei. Dieser polnische Mann, Jannek, log in beschämender Aufrichtigkeit für mich, indem er behauptete, dass ich seine Schwester sei. In einem alles übergreifenden Sinn: was war ich denn anderes als seine Schwester, und was hätte er denn letztlich wahrhaftiger sein können als eben gerade mein Bruder? Diese Geste, auch sie trug dazu bei, dass ich weitermachen konnte, weiterleben. Manchmal trennen solche Dinge das Leben vom Tod. Es sind diese Begebenheiten, die mich letztlich überleben ließen. In einem inneren und einem äußeren Sinn.

Für kleine Momente hob es diese so als allumfassend empfundene Schutzlosigkeit auf. Viele Suizide hat es in jener Zeit gegeben. Und ich selbst habe erlebt, wie verzweifelt ein Mensch sein kann. So verzweifelt, dass das eigene Weiterleben keine Option mehr zu sein schien. Neben der freundlichen Frau von Tadeusz, gab es noch eine andere Schwägerin. Das war die jüngere Schwester der im Konzentrationslager getöteten Frau.

So sehr mich ihre ältere Schwester auch hasste – *sie* nahm mich in Schutz. Oftmals wenn ich nun auf dem Feld arbeitete kam sie nun, um mir bei der Arbeit zu helfen.

Die andere Schwägerin, ihre Schwester, kam nur vorbei um mich anzuschreien. Sie schrie ihren Hass auf die Deutschen heraus, schleuderte ihn mir mit einer Wucht entgegen die mich strauchenl ließ. Ihr Gesicht war gerötet und vollkommen verzerrt, ihre Augen funkelten, sie fuchtelte mit den Armen umher als wollte sie auf mich einschlagen. Es war erschreckend. Die jüngere Schwester rief daraufhin aus: *„Sie ist ein Kind - was kann sie dafür?"*. Sie hätte jeden Grund gehabt mich ebenfalls zu hassen. Auch ihre Schwester war im Konzentrationslager ermordet worden. Doch sie sah mehr in mir als die Angehörige einer beliebigen Volksgruppe.

Sie sah etwas Weiteres in mir. Sie sah in mir einen Menschen, einen Menschen der bar jeder Orientierung zu sein schien – außer der, den die Überreste von Menschlichkeit noch zu gebieten imstande waren.

Sie half mir. Ihre Großherzigkeit und ihr Mut beeindrucken mich noch heute. Und dann half mir sogar auch Tadeusz erneut. Manchmal kommt die Hilfe von einer Seite, von der man sie nicht erwartet hätte. Ein russischer Offizier hatte mit seinem Gehilfen auf dem Hof von Tadeusz übernachtet. Am nächsten Morgen wollte der Offizier von ihm wissen, wo mein Zimmer sei.

Auch Tadeusz log, um mich zu schützen, und sagte, dass ich bei meinen Eltern wohnen würde. Jedoch - der Offizier hatte ihm wohl nicht geglaubt. Beim Frühstück machen, ich wollte gerade ein Streichholz anzünden, kam der Offizier ohne Vorwarnung in den Raum und ertappte mich.

Er musste geahnt haben, dass ich doch auf dem Hof wohnte und nicht bei meinen Eltern.

Ich weiß noch, wie meine Hände gezittert haben. Das Streichholz konnte ich nicht entzünden, so sehr wurde mein Körper von der Angst geschüttelt. Da trat der Russe hinter mich, nahm mir die Streichhölzer aus der Hand und entzündete das Feuer für mich.

Dann presste er die Arme um mich. Ich sagte ihm, dass ich nichts verstehen würde und wehrte mich so gut ich konnte. Mir war schlecht vor Angst. Sein Körper roch nach Schweiß und Rauch und sein Atem ging heftig in meinem Nacken.

Er begann damit mich am Arm auf das Zimmer zu ziehen. In diesem Augenblick kam der Bauer hinzu, sagte etwas und der Offizier ließ von mir ab. So war Tadeusz, obgleich ich mich immer so massiv von ihm bedroht gefühlt hatte durch die widerwärtige Art und Weise, wie er mich oft angesehen hatte, wie er sich in mein Bett gelegt hatte, letztlich ein weiteres Mal zur Rettung meiner Integrität geschritten und war ein Teil des Mosaiks geworden aus dem sich mein inneres Überleben zusammensetzte.

Monate später, ich war mittlerweile verlegt worden, und arbeitete für einen russischen Adjutanten, ergab sich etwas, das mein Handeln erforderte.

Ich erinnere mich an einen heftigen Streit zwischen dem Chauffeur und dem Adjutanten in dessen Verlauf der Chauffeur eine Waffe zog und auf den Adjutanten richtete.

Ich rannte auf den Chauffeur zu und beschwor ihn, die Waffe nicht zu benutzen.

Ich weiß nicht, warum ich das getan habe. Ich glaube, dass ich einfach nur noch einen weiteren Tod mehr nicht hätte ertragen können.

Der Chauffeur schoss in die Luft, mit einem wilden, wütenden Blick und der Adjutant kam mit dem Leben davon.

Im Nachhinein bekam ich deswegen großen Ärger mit dem Major, der mir verbot, mich jemals wieder in eine solche Streitigkeit einzumischen.

So aufgebracht habe ich ihn nie wieder gesehen.

Doch ich hätte gar nicht anders handeln können. Keinen weiteren dieser starren, bleichen, blutverschmierten Toten hätte ich mehr verkraften können, das spürte ich in mir. So viele hatte ich davon gesehen – zu viele.

Mich einzumischen, es war nichts anderes gewesen als ein weiterer Mosaikstein, der mich selbst am Leben erhielt.

Wie ich mich damals fühlte, spiegelt die Begegnung mit dem *„stummen Soldaten"* wieder.

Eines Tages brachte die polnische Polizei einen Gefangenen zu uns in die Kommandantur.

Er trug noch immer eine deutsche Uniform.

Vielleicht hatte er sie gefunden und angezogen, weil er nichts Anderes mehr besaß.

Man hatte ihn im Wald aufgegriffen. Er redete kein einziges Wort mit uns. Wir sprachen ihn in drei unterschiedlichen Sprachen an, doch er reagierte auf keine davon. Es schien so, als sei er der menschlichen Sprache, den Menschen selbst überdrüssig geworden - und das war etwas, das wir alle verstanden zu jener Zeit.

Wir wussten nicht, ob er ein Russe war, ein Pole oder ein Deutscher. Er war einfach ein Mensch, dem Dinge widerfahren sein mussten, die ihn nun daran hinderten auch nur noch ein einziges Wort zu sprechen.

Von allen, auch von den Russen, wurde er, so als wäre er ein Spiegel unserer selbst, mit größter Rück-sicht und Freundlichkeit behandelt. Sein Schweigen hatte begonnen uns zu verbinden.

Das, was der Krieg getrennt hatte, wurde durch sein Schweigen vereint. Sein Schweigen erzählte uns von all dem, was wehtat.

Er warf uns auf die Wurzeln unseres Menschseins zurück.
Auf die Wurzeln und auf die Kronen. So kam es mir vor.
Auf die Baumkronen ebenfalls.

Ich musste an die im Wind leise rauschenden Bäume Birkenbruchs, meines Heimatdorfs, denken. Der stumme Soldat wurde zu einem Vogel, dem es gelungen war zu entkommen.

So saß er nun in der Baumkrone, doch musste er bemerken, dass er nicht mehr singen konnte.
Ein stummer Vogel, erstarrt vor Schreck über den Menschen.

Der stumme Soldat, er fehlte mir sehr, als er schließlich, nach einiger, Zeit wieder von Netztal weggebracht wurde.

Allein – sein Schweigen begleitete mich.

(Aus: „Schutzlos – Wie ich das Jahr 1945 überlebte")

1. *Kapitel*

Es war an einem der Weihnachtsabende meiner Kindheit auf dem Schäferhof. Die Nacht war klar, und die Sterne leuchteten so hell wie ich es als Erwachsener niemals später wieder gesehen hatte. Das war eine der berühmten *„augenklaren"* Nächte meiner Kindheit, über die mir mein Großvater Gottlieb gern zu erzählen pflegte. In *„augenklaren"* Nächten können, dies hatte er mir versichert, unerklärliche Dinge passieren. Wünsche können sich erfüllen, und Menschen können Dinge sehen, die normalerweise unsichtbar sind.

Mein Großvater Gottlieb hatte mir dieses glaubhaft versichert. Das wollte ich natürlich mit meinen eigenen Augen sehen. Möglicherweise könnte sich mir so auch – ganz nebenbei – der ein oder andere Wunsch erfüllen. So war ich gerade noch in Gedanken bei meinem Großvater Gottlieb staunend in der Scheune angelangt, als ich die Stimme meiner Mutter hörte, welche jedoch nur mit sich selbst sprach. Das tat sie in letzter Zeit häufig, doch diesmal mit besonderer Eindringlichkeit. Es ging um einen von ihr, und später auch von mir, sehr geschätzten Schriftsteller: Theodor Fontane.

Meine Mutter war ungewöhnlich fasziniert von ihm und wollte ihn offenbar wenigstens einmal im Leben persönlich zu Gesicht bekommen; seine Hand ergreifen und ihm sagen was sein Schreiben für sie bedeutete. Sie wünschte sich ein solches Treffen, über dessen Unmöglichkeit sie damals durchaus im Bilde gewesen sein musste, wohl als eine Art Weihnachts-geschenk.

Wenn ich heute, als alter Mann, an meine Mutter zurückdenke, kommen mir besonders ihre Hände in den Sinn. Sie waren von einer ungewöhnlichen Feinheit der Ausdrucksweise gewesen. Noch steht mir in voller Natürlichkeit folgendes Bild vor der Seele: Als wir beide allein waren, ich einen Apfel schälte und ihr die Stückchen reichte. Es war, als wenn das ganze Glück, das sie dabei empfand, in ihren Fingerspitzen zum Ausdruck kam. Zart wie ihre Finger so war auch ihre ganze Persönlichkeit gewesen, nicht nur im Alter, sondern solange ich denken kann. Sie war so zart, dass sie ritterliche Gefühle in uns allen weckte, von der Großmutter abgesehen, die wohl deshalb so missgünstig gewesen sein muss, und sie voller Verachtung die „feine Berliner Dame" zu nennen pflegte. Um die Mutter zu schützen, musste also auch ich über ihren Kummer schweigen, dies erahnte ich damals sogleich. Und dennoch erfüllte mich der Wunsch ihr zu helfen. Da mir, dem Fünfjährigen, nur

Gott blieb, dem ich mich anvertrauen konnte, wies ich ihn noch in der gleichen Nacht, es war die Heilige Nacht, daraufhin worin das schönste Geschenk für meine Mutter bestünde. Im Grunde war es bereits damals nicht meine Art mich auf derlei Gebete zu verlassen. Vielleicht, so hoffte ich damals, konnte auch die augenklare Nacht das Ihre zur Erfüllung meines Wunsches beisteuern. Ich machte mir zwar insgeheim einige Vorwürfe, weil ich die Mutter in ihrem Wunsche nicht dringlicher unterstützte, nur kam mir beim besten Willen nicht in den Sinn wie ich dies anstellen sollte. So zog ich es vor die Angelegenheit erst einmal zu vergessen. Aber, das darf ich Ihnen vorwegnehmend verraten, dass schließlich durch mein Zutun der Mutter genau zehn Jahre später, es war die kälteste Weihnacht seit langer Zeit, dieser Wunsch erfüllt wurde. Sie durfte persönlich mit Fontane sprechen. Ein an diesem Tage von ihm signiertes Buch trug sie seitdem ständig bei sich. Ich glaube sagen zu können, dass es bei ihr gar den Rang der Bibel abgelaufen haben könnte. Doch so sind die Menschen wenn sie sich verstanden fühlen und wenn sie sich – wie meine Mutter – durch die Texte Fontanes wiederfanden. Mögen Sie es mir verzeihen, dass ich diese Geschichte, obgleich sie doch ein gutes Ende gefunden hat, so lange Zeit meinen halbherzigen Gebeten hatte überlassen können.

Um Ihnen zu erhellen, welch zahlreiche Ablenkungen damals mein junges Leben beherrschten, möchte ich Sie recht herzlich einladen ein Jahr in unserer Schäferei in Brandenburg nochmals mitzuerleben. Die Jahre glichen sich zur Zeit meiner Jugend noch stärker, so dass ich durchaus behaupten kann, dass allein die Schilderung eines einzigen Jahres zusammen-zufassen vermag, was die Zeit auf dem Schäferhof für mich bedeutet hatte. Es war das, was viele alte Menschen zurückblickend als ihr eigenes, ihr persönliches Paradies ansehen. Sicherlich verklärt sich einiges in der Rückschau, doch kann ich Ihnen versichern, dass es sich in meinem Fall tatsächlich um eine Art Paradies gehandelt hatte. Es war ein Ort, der geschaffen schien für Kinder wie uns. Nichts gab es, was wir lieber getan hätten als hier aufzuwachsen.

Ich möchte es in jeder Einzelheit schildern, denn nur die Erinnerung an jene Zeit gab mir in späteren, oft dunklen Stunden die Kraft eines inneren Widerstandes. Anderen bin ich begegnet welche ihren inneren Widerstand nach außen hin erweiterten: von Tresckow und Goerdeler. Oft habe ich mich gefragt, wo eine solche Kraft heranwachsen kann.

Braucht man ein inneres Paradies um die Höllen dieser Welt ertragen zu können? Um ihnen etwas entgegensetzen zu können? Ich denke ja. Und so möchte ich das meine mit Ihnen teilen. In ihm birgt sich das Erhaltenswerte. Dass, für das wir immer einzutreten bereit sein sollten. Die Liebe zum Leben und die Achtung eines jeden Lebens.

2. Kapitel

Das Jahr 1878 begann unruhig. Ich und mein kleiner Bruder August wurden in ein ziemlich abgeschlossenes Stückchen Welt hineingeboren, welche im Dorf allgemein *„der Schäferhof"* genannt wurde. Wir hatten neben den Schafen zwei Kühe, 12 Schweine, Gänse, Enten, Hühner, Hunde und Katzen in großer Zahl.

Dort wuchsen wir gemeinsam mit dem Waisen-mädchen, der Mine Friese, auf, die meine Eltern in unser Haus aufgenommen hatten. Neben den Eltern lebten auch die Großeltern, sowie die Knechte Johann und Friedrich mit uns auf dem Hof, da es hier recht viel zu tun gab, und der Vater jede Hilfe brauchen konnte. Mein Vater war Schäfer in langer Tradition.

Er arbeitete getreu der Unterweisung, die er auch schriftlich erhalten hatte: *„Er muss dafür stehen, dass ihm von diesen ihm anvertrauten Böcken und Schafen keines abhanden kömmt, nichts ausgetauscht wird, die Wölfe nichts auffressen".*

Gerade so wie sein Vater, mein lieber Großvater Gottlieb, die Schafe der allseits beliebten Gräfin von Itzenplitz gehütet hatte, so hatte mein Vater nun die Verantwortung von ihm übernommen und die große Schäferei des Freiherrn von Tresckow unter sich. Das war sicherlich keine leichte Aufgabe.

Während die Gräfin von Itzenplitz wahrlich verehrt wurde, insbesondere von dem später von mir wiederum so geschätzten Theodor Fontane, so war der Freiherr von Tresckow ein recht schwieriger Charakter. Mein Vater musste all sein Können aufwenden, um diesen stets etwas grimmigen Tresckow zufrieden zu stellen. Viel später, doch das hat an dieser Stelle nur bedingt etwas zu suchen, war es ein naher Angehöriger eben dieses Freiherrn von Tresckow, welcher sich im Widerstand um den Diktator Hitler, von dem wir freilich noch nichts ahnten, zusammen mit dem Grafen Stauffenberg verdient gemacht hatte. Der alte, grimmige Tresckow hatte seine Prinzipien und ein schier untrügliches Gespür für Recht und Unrecht. Das sind die Menschen, welche Widerstand vorleben und ermöglichen. Im Politischen ist dies von unschätzbarem Wert. Im privaten Bereich konnte es gelegentlich ein wenig anstrengend sein. So erforderte es im Umgang mit von Tresckow Fingerspitzengefühl und eine ehrliche Freundlichkeit, mit der er zu besänftigen war.

Allerdings kann man sagen, dass dies dem Vater wohl auch gelang: Er war in der Lage alle Lämmerkrankheiten zu verhüten oder zu heilen. Nie kam es zu einem Lämmersterben, und nie musste ein Tierarzt zugezogen werden.

Vielleicht hat er das von meinem Großvater gelernt, der das Vieh immer *„besprochen"* hatte. Mein Großvater hatte die Schafmeisterstelle 1872 an seinen Sohn, meinen Vater abgetreten, trotzdem war er aber noch oft beim Schafehüten auf dem Feld anzutreffen. Bei 800 Tieren konnte mein Vater jeden Mann gebrauchen, so dass auch ich Großvater oft begleiten durfte. Er erzählte mir dabei manch spannende Geschichte, zum Beispiel wie man den Teufel in einem Quirlwind sehen könne, wenn man schnell die Jacke ausziehe, den Schäferstock durch einen Ärmel stecke und durchgucke.

Sein Wunschtraum war einmal auf dem Schäferhof begraben zu werden, so dass die Lämmer über sein Grab hüpfen sollten.

Während des Hütens strickte er Strümpfe. Die Schafwolle spann er selbst beim Gehen, die ungesponnene Wolle im Gürtel tragend, dazu eine herunterhängende Spule, die mittels einer unten daran befestigten halben Kartoffel als Schwungrad in rotierende Bewegung versetzt wurde.

Meine Mutter, die aus der Stadt auf den Hof gezogen war, hatte mit uns beiden Jungen und der Mine Friese viel zu tun. Die Mine Friese war allen etwas unheimlich. Sie hatte manchmal zotteliges Haar und ihre Augen funkelten recht feurig. Manchmal wenn Zigeuner vorbeizogen, sprang die Mine Friese leichtsinnig herum, obgleich sie vor den Zigeunern gewarnt worden war.

Es hieß damals nämlich immer, dass die Zigeuner Kinder stehlen würden. Die Mine Friese wollten die Zigeuner aber nicht.

Damit haben sie sich einiges erspart, wie die alte Frau Zimmt meinte. Wenn die Mine Friese nämlich angehalten wurde etwas im Haushalt zu tun, pflegte sie zu antworten: *„Einmal will ich's noch tun, dann nicht mehr."*

Ich muss wohl nicht eigens betonen, dass sich eine solche Redensweise durchaus nicht geziemte. Dennoch ließ man es ihr durchgehen. Warum, kann ich nicht sagen. Vielleicht war es deswegen, weil meine Mutter die Freundin von Mines verstorbener Mutter Mascha gewesen war. Sie war Jüdin gewesen, eine sehr stolze und kluge Frau, die meiner Mutter, neben der Mine Friese, all ihre Gedichte hinterlassen hatte. Nun, da sie so früh gestorben, und Mine auch kein Vater geblieben war, behandelte meine Mutter sie wie ein rohes, feines kleines Ei. Wir Jungs konnten das nicht begreifen, zumindest damals nicht. Wir verstanden nicht, warum sie eine Sonderbehandlung genoss. Natürlich war es das Einzige, das meine Mutter ihrer liebsten Freundin noch zu Gute tun konnte.

Als Hilfe hatte meine Mutter aber glücklicherweise jedoch noch die alte Frau Zimmt, von der sie oft sagte, dass sie mit Gold aufzuwiegen sei, und wir Kinder konnten dem nur beipflichten.

Sie hatte die Angewohnheit uns zuzuhören. Niemals vergaß sie etwas, das uns wichtig war. Sie hörte auch meiner Mutter zu und ich bin davon überzeugt, dass sie das Gefühl der Einsamkeit, welches meine Mutter immer wieder beschlichen hatte, ab und an mit ihrer fröhlichen Stimme, ihrer zupackenden Art und dem Lachen in ihren Augen zu vertreiben vermochte.

Doch auch die Mine Friese, man möge es glauben oder nicht, trug zur Freude meiner Mutter bei.

Oft saß sie bei ihr, sprachen von Mines Mutter, wobei ihr Gedichte vorgelesen wurden und Haarbänder gezeigt, welche deren Mutter gehört hatten.

Manchmal sangen sie gemeinsam, und meine Mutter kämmte das lange, dunkle Haar der Mine mit einer großen, silberverzierten Bürste bis es glänzte.

Oder aber sie nähte Kleider für sie, die mit einer geradezu lächerlich großen Anzahl von Rüschen besetzt waren.

Bei August und mir bewirkte dies eine gewisse Eifersucht, so dass wir sie nicht sehr gern in unserer Familie hatten.
Doch, der Mutter zuliebe, ließen wir es uns nicht anmerken.
Und doch war sie es, die Mine Friese, hier greife ich vor, die meine Mutter auf dem Sterbebett, und auch davor, versorgt hatte, und die ihr, als sie zu schwach war um etwas Richtiges zu essen, kleine Stückchen von Schokolade in den Mund schob und sie so liebevoll fütterte als sei sie ein kleiner Vogel.

Trotzdem blieb meine Eifersucht, die ich erst sehr viel später, nämlich am Ende meines Lebens überwinden konnte. Doch nun zum Beginn meines Lebens. Zu einem wunderbaren Beginn.

3. Kapitel

Wir Jungen hatten nur sonntags die Erlaubnis mit der Dorfjugend zu spielen, und so wurde der Schäferhof für August und mich wirklich eine Welt für sich.

Allein die Hofanlage bot beinahe unerschöpfliche Möglichkeiten des Spielens und Umherstöberns, wie man sich sicherlich unschwer vorstellen kann.

Das Haupthaus war ein alter, strohgedeckter Holz- und Lehmfachwerkbau mit etwas unebenem Fußboden und einem ausgesprochen großen zweifenstrigen für uns Kinder reich ausgeschmückten Wohnzimmer. Unsere Spielkammer mit den vielen kleinen Guckfenstern lag der lang gestreckten Knechtkammer gegenüber, so dass es immer viel zu sehen gab. Dazwischen verlief der Flur mit der sich unmittelbar anschließenden Küche, dem Ort, der uns gerade im Winter am Herzen lag. Daneben befand sich die besonders interessante Vorrats- und Räucherkammer, die von uns regelmäßig etwas geplündert wurde, und vor allem die Bodentreppe, welche auf den ausladenden das ganze obere Geschoss einnehmenden Speicher, den Ort zahlreicher phantastischer Abenteuer, führte.

Der nördliche Giebel des Hauses war durch drei große, dicke Stangen gestützt, an denen man herrlich Flaschenzüge und im Wind zischende Papierdrachen befestigen konnte. Nicht weit entfernt war die Hühnervoliere, an die sich der Schweine- und Geflügelstall anschloss, wo wir Eier zusammensuchten oder Verstecken spielten.

August und ich verfügten über eine wahrlich große Welt in der kleinen, so dass mir oftmals ganz schwindelig wurde, wenn ich nicht wusste was von all den möglichen, spannenden Dingen ich als nächstes wählen sollte.

Wie aufregend diese Welt über das ganze Jahr hinweg war, und wie schnell sie mich den tiefen Gedanken, wie der Sorge um die Erfüllung des Wunsches meiner Mutter, jedoch entriss, möchte ich Ihnen nun schildern. Der Januar begann mit einem weiteren Fest, dem Geburtstag meines Bruders August, den wir Jungen mit heimlichem Schlittschuhlaufen auf dem Dorfteich feiern wollten. Doch die Eisschicht, welche wohl nicht dick genug war, machte uns einen Strich durch die Rechnung, so dass August und ich mit einem Mal bis zur Brust im Wasser standen, ratlos wie begossene Schafe. Was tun?

Nach Hause, was das Nächste gewesen wäre, wagten wir uns nicht. Wohl weil wir kein ganz gutes Gewissen hatten. Augusts angstgeweitete Augen erwarteten von mir offensichtlich eine Lösung.

Ich dachte angestrengt nach und verfiel schließlich auf

einen Ausweg. Wir rannten quer über das Feld zur nahe gelegenen Chaussee, zogen dort die Hosen aus und schlugen sie mit aller Gewalt um einen Chausseebaum, in der Annahme sie so trocken zu kriegen. Das half aber nichts. In unserer Ratlosigkeit winkte uns als Rettung das nicht zu ferne großväterliche Haus.

Also liefen wir schnell dorthin mit der Hose in der Hand. Die Großmutter schaffte bald Abhilfe. Sie trocknete die Hosen und uns auch, und dann traten wir den Weg nach Hause an, als ob nichts geschehen wäre, um Augusts Geburtstag weiter zu begehen. Bereits an diesem Tag hatte ich, da bin ich mir fast sicher, nicht mehr an den Wunsch meiner Mutter gedacht. Kurz darauf kam dann auch gleich noch die in Jakobsdorf an den Bauer Fettke verheiratete Schwester meines Großvaters, namens Caroline, zu uns auf Besuch, was kein einfaches Unterfangen war, da diese zuweilen unter Trunksucht litt.

Wie war Caroline zu ihrem Laster gekommen? Nach allem, was ich später über sie gehört habe, muss sie geistig etwas sonderlich veranlagt gewesen sein. Sie soll in ihrer Jugend einen Geliebten gehabt haben, an dem sie sehr in Liebe hing. Dies äußerte sich so, dass sie manchmal von unwiderstehlicher Sehnsucht zu ihm ergriffen wurde, so dass sie stehenden Fußes zu ihm ging. Einmal soll sie gar vom Backtrog beim Teigkneten weg und mit teigbedeckten Händen zu ihm gelaufen sein.

Zwangsweise hatte sie dann den Bauer Fettke heiraten müssen, aber noch am Traualtar sei sie ohnmächtig geworden. Alles dies ist mir von einer sehr glaubwürdigen Verwandten versichert worden, und es lässt daher auch wohl die Deutung zu, dass sie nicht im Besitz eines völligen geistigen Gleichgewichts gewesen sein muss, so dass sich ihr zeitweiliger Verfall in Trunksucht daraus erklären lassen wird. Doch all das habe ich später erst erfahren. In diesem Winter des Jahres 1878 hingegen lachten August und ich, wenn sie torkelte, so dachten wir doch, sie täte dies, um uns zu belustigen. Von dem, was sie quälte wussten wir in unserem paradiesischen Zustand noch nichts.

Sie brachte uns Kuchen mit, und der Mine Friese ein Püppchen, mit der sie von da an jeden Tag spielte, und die sie nicht einmal bei Tisch aus der Hand legen wollte. Unsere Tante lachte darüber, in einer freundlichen Weise, und sie hörte uns zu, wenn wir ihr etwas erzählten. Dies kam nicht so oft vor, da auf dem Schäferhof häufig niemand die Zeit fand den Ansichten eines Kindes zu lauschen. Das war nicht böse gemeint. Nur Mehr die harte Arbeit erforderte dies.

Mein Großvater Gottlieb und meine Tante Caroline, und auch die alte Frau Zimmt, bildeten hier die recht erfreulichen Ausnahmen.

Tante Caroline war deshalb selbstverständlich auch unsere Lieblingstante gewesen. Sie blieb es auch, als ich später erkannte warum sie so geworden war. Vor wahrer Leidenschaft habe ich mir nämlich zeitlebens den allergrößten Respekt bewahrt. Und ich denke noch heute, dass sie vielmehr ein Vorbild war als ein abschreckendes Beispiel.

Wie viele Menschen leben lieblos vor sich hin. Leidenschaftslos und voller Vernunft. Wer kann sie verurteilen, nur weil sie mehr wollte? Sie, ganz im Sinn einer großen Romantikerin, hatte sich nach der einen, der unsterblichen Liebe gesehnt. Ich denke heute, dass sich in nahezu jedem von uns eine solche Leidenschaft verbirgt. Doch zu rücksichtslos gegen uns selbst gehen wir vor. Unsere Leben, zumeist von reiner Disziplin geprägt, lassen häufig genug genau dies vermissen nach dem meine Tante Caroline gesucht hatte. Im Gegensatz zu so vielen anderen hatte sie es gefunden, doch nur, um es wieder zu verlieren. Wer kann ihren Schmerz ermessen? Wer darf sie verurteilen? Ich zumindest nicht. Weder jetzt, als erwachsener Mensch, noch damals als ich ein Kind war, und Tante Caroline mir und meinem Bruder die Liebste war.

4. Kapitel

Als der Schnee geschmolzen war, es aber noch zu kalt war, um draußen zu spielen, saßen wir bei der Mutter in der Küche, die dort allerlei zubereitete, insbesondere den Sauerkohl, der als der beste des Umkreises galt.

Der treuste Abnehmer ihres Sauerkohls war ein allein stehender Tagelöhner Hannes, der nicht besonders gut beleumundet war, und dem man sonst am liebsten aus dem Weg ging. Aber er hatte die besonderen Qualitäten von Mutters Sauerkohl erkannt und – aß ihn roh.

Das hat ihm die Wertschätzung meiner Mutter eingebracht, die deshalb auch an ihm nichts auszusetzen fand.

Er zog uns im Gegenzug Kerzen und unterhielt uns alle mit seinen abenteuerlichen Geschichten aus der Fremde, die mich, davon bin ich überzeugt, zu meinen späteren Reisen angeregt haben. Vom Orient erzählte er uns und von Menschen, die auf Kamelen durch die Wüste ritten. Von Gebirgen so unfassbar hoch, dass die oberen Spitzen der Berge direkt an die Sonne heranzureichen schienen, berichtete er, und von Meeren, deren Wellen die Macht hatten ganze Dörfer zu verschlucken und nie wieder herauszugeben.

5. Kapitel

An meinem zehnten Geburtstag, der das Frühjahr einläutete, wurde traditionell ein kleines Buchsbaumsträußchen aus dem eigenen Garten überreicht.

Dann gab es ein Geburtstagsessen und als Besonderes mit süßem, sämigen Pflaumenmus gefüllte, mit Zucker bestäubte selbstgebackene Pfannkuchen.

Für uns Kinder buk die Mutter kleine Figürchen, in die wir unsere besondere Bedeutung hineinlegten, sogar Hannes bekam eines davon. Wie zu erwarten gewesen war, schmeckte es ihm ganz ausgezeichnet. Und wieder hörten wir Geschichten von fernen Welten, von unfassbar hohen Bergen und mächtigen Meeren. Dieser Geburtstag wurde ein Geburtstag der besonderen Art. Meine Mutter meinte, nun wäre ich ja ein großer Junge und dürfte nicht mehr auf dem Schoß sitzen. Und so ließ sie mich an diesem Tage dann noch einmal bedeutungsvoll auf ihren Schoß klettern. Deswegen steht mir dieser Tag heute noch so klar vor Augen. Die Mine Friese durfte noch sehr viel länger auf dem Schoß der Mutter sitzen. Sie war ja ein Mädchen. Doch für mich war es das letzte Mal gewesen.

Der erste Vorbote von den Abschieden des Lebens warf seinen ersten kleinen Schatten auf mich.

6. Kapitel

Vor Ostern wurde im Haus alles geschmückt und zwar mit Zweigen des Lebensbaums, dessen sonderbaren Geruch ich damals zuerst kennen lernte, so dass auch dieser mir so lebhaft im Gedächtnis blieb.

Das schönste Ostergeschenk für mich war, dass mein Vater mich dieses Jahr zum ersten Mal mit zur Königlichen Heide an der Spree nahm, wohin er jährlich einmal zur Aufrechterhaltung alter Rechte mit den Schafen hinwanderte.

Ich durfte selbständig die Herde durch das Dorf treiben, den Hund an der Seite. So lockte ich den Leithammel oder die Herde mit: *„Schiep, schiep",* wie es mir der Großvater beigebracht hatte. Mein Vater war darüber sehr stolz und versprach mir, mich in Zukunft immer mitzunehmen.

Dieses Versprechen hat er auch gehalten. Aber das wunderte mich nicht.

Er hat all seine Versprechen eingehalten, ohne Ausnahme. Vertrauen in Gott hatte ich zwar nicht mehr viel, dafür aber Vertrauen in die Welt, in meine Mutter, meinen Großvater Gottlieb und in meinen Vater. Und das, da bin ich mir sicher, habe ich seiner steten Zuverlässigkeit zu verdanken.

Im Frühling wurden die Lämmer geboren, und dieses

Jahr durfte ich, da ich mein großes Verantwortungs-bewusstsein unter Beweis gestellt hatte, das kleine Waisenlamm Lisbeth mit einer Flasche aufziehen.

Allen Prophezeiungen zum Trotz hat es überlebt und wurde sogar, das darf ich sagen, besonders stattlich, wenn-gleich es auch all meine Aufmerksamkeit und Zeit bis in den Sommer hinein in Anspruch nahm.

Lisbeth erwartete lange und ausgiebige Streichel-einheiten, wobei sie mich immer wieder mit dem Kopf anzustupsen pflegte, wenn meine Aufmerksamkeit in dieser Hinsicht nachließ. Einmal war Lisbeth so anhänglich, dass sie mich bis hin zum Pfingstgottes-dienst begleiten wollte. Als sie nicht mit in die Kirche hineindufte, rief sie draußen so kläglich, dass es mir beinahe das Herz zerriss. Mine verließ daraufhin den Gottesdienst, um Lisbeth Gesellschaft zu leisten. Das habe ich ihr aus-nahmsweise hoch angerechnet, doch vom Pfarrer bekam sie großen Ärger, Da dachte ich, dass Schafe, und die, welche es gut mit ihnen meinten, doch irgendwie besser behandelt werden sollten. Von diesem Tag an fühlte ich mich in meinem Glauben an Gott noch weiter gedämpft als sonst, wenngleich ich mir doch hätte auch denken können, dass diese Regeln, welche Lämmer vom Gottesdienst ausschlossen, vom Menschen gemachte waren.

7. Kapitel

Einmal im Jahr, im Juli, wurden die Schafe geschoren und dann die Wolle verkauft. Den Höhepunkt für meinen Bruder und mich bildete das *„Schafewaschen"*. Die Schafe wurden auf Stegen in den Fluss geführt wo die Knechte sie abrieben. Auf der anderen Seite kamen sie, mehr oder weniger sauber, wieder an Land, wo sie dann geschoren wurden. Ich denke, dass der Ausdruck „belämmert" gut widerspiegelte, wie sie uns nach so einem Waschgang ansahen.

Im Sommer aber war ansonsten unser Garten das Zentrum des Lebens. Da gab es hinter dem Brunnen, den ein Busch gelbblühender Artischocken säumte, zunächst einen kleinen eingezäunten Blumengarten links vor dem Haus mit einer größeren Weinlaube mit Tisch und Bänken, in der an schönen Tagen gegessen wurde. Vor dieser Weinlaube befanden sich einige Bienenstöcke, die der Großvater betreute. An diesen Blumengarten, den die Mutter pflegte, und in dessen Mitte ein Buchsbaumkreis stand, in dem Taglilien, Narzissen und Gottesaugen prangten, schloss sich ein meist unbebautes, abgeschlossenes Gärtchen am südlichen Giebel an, welches von je einem großen Ahorn- und Nussbaum beschattet wurde. Dieses Gärtchen bot zwar weiter keine Abwechslung, eignete sich aber als Rückzugmöglichkeit, zum Beispiel, wenn bestimmte Tätigkeiten eine Abgeschiedenheit erforderten.

Der Garten aber, in dem wir uns tummelten, wo wir untertauchen und die Freiheit für uns allein genießen konnten, das war der große Garten hinter dem Haus, der *„Oberste Garten"*, von Nachbar Malers Grundstück und dem Teich begrenzt, sowie der *„Unterste Garten"*, zwischen Hof und dem zweiten Gewässer, dem *„Heller"* gelegen.

Da war ein Birnbaum mit seinen schon im Juli oder August reifen Sommerbirnen. Weil gerade die ersten Birnen so lockten, wurde dieser Baum der Gegenstand meiner frühesten Klettererfolge.

Noch erinnere ich mich genau des schönen verlockenden Anblicks, den die ersten gefallenen Früchte - schon von Wespen angenagt- machten, wenn sie im welkenden Kartoffelkraut lagen. Unter den verschiedenen Kirschbäumen, die wir hatten, und die uns Kindern zur Verfügung standen, waren drei große Bäume, die im Unteren Garten in einer Reihe standen, für uns von einer besonderen Bedeutung.

Der mittlere, ein Sauerkirschbaum, der leicht ersteigbar war, war derjenige, den wir, wenn die roten Früchte aus dem dunklen Grün zu leuchten begannen, zuerst erkletterten, und an dessen Früchten wir uns bis ins

Ungemessene zu laben pflegten. Anders war dies mit dem ersten Baum, einer Königin-Luise-Kirsche.

Dieser Baum brachte herrliche Früchte hervor. Und wenn die reifen gelben, etwas geröteten Kirschen, wie große Perlen an den schlanken Zweigen hingen, konnte jedem das Herz aufgehen.

Allerdings war dieser Baum nicht für uns bestimmt, da die Mutter sie auf dem Obstmarkt feilbot.

Der dritte Kirschbaum hingegen war recht hochstämmig, so dass er mit seinen Kirschen für uns, solange wir kleiner waren, nicht in Betracht kam.

Diesen Sommer wurde es allerdings für mich, den Älteren, eine Herausforderung auch diesen zu erklimmen wie dies mit allen Bäumen im Garten der Reihe nach geschah. Auch die Johannisbeersträucher hatten es mir sehr angetan.

Vom dritten Kirschbaum aus sahen nämlich diese Sträucher, welche uns den Weg in eine weitere Welt wiesen, geradezu unscheinbar aus. Doch davon sollte man sich wahrlich nicht täuschen lassen. Dort, wo die Sträucher aufhörten, und ihre Zweige uns wie dürre Finger den Weg wiesen, lief ein Fußsteig neben einem kleinen gemauerten Graben weiter, der den Abfluss vom Schäferhof bildete und in den Teich mündete. Verfolgte man den Weg weiter, so gelangte man an eine Gruppe von Eierpflaumenbäumen, an die sich ein Himbeerbusch anschloss. Dies war ein Vorort zum Garten der Nachbarin hin, der für August und mich eine große Anziehungskraft ausübte.

Die Gartenseite hin zur Nachbarin war von hohen Fliederbüschen, noch auf unseren Hof hinreichend, begrenzt.

Diese wild durcheinander gewachsenen Fliedersträucher boten uns mit ihren verschlungenen Gängen beim Spielen einen so guten Unterschlupf!

Sie gewährten Hütten und Verstecke, so dass wir uns halbe Tage lang in den Leib diese Sträucher einquartierten. Hier waren wir auch vor der Mine Friese sicher, was uns als Jungs, die keinen allzu großen Wert auf die Gesellschaft von Mädchen legten, sehr entgegenkam. Diese in ihrer Masse so sinnfällig wirkenden Fliederbüsche bildeten zur Blütezeit einen herrlichen Anblick. Ihr Duft erfüllte den ganzen Schäferhof.

Genau erinnere ich mich noch eines Sonntagmorgens, wo dieser Duft in Verbindung mit dem herrlichen Sonnenschein so wunderbar auf alle meine Sinne wirkte, dass ich eine wahre Seligkeit empfand.

Oft ist mir diese herrliche, fast überirdische Stimmung in meinem späteren Leben immer wieder vor die Seele getreten, und immer habe ich nach einer Gelegenheit gesucht erneut so etwas Herrliches zu erleben.

Aber auch diesen schönen Flieder sollte sein Schicksal ereilen.

Eines Tages nahte es in der Gestalt der Gemüse- und Obstverkäuferin. Diese sah den Flieder und riet sogleich der Mutter diesen zu Geld zu machen.

Auch bei der Mutter überwog schließlich der Geschäftsgeist, und so wurde der ganze Flieder abgepflückt und mit dem Handwagen fortgeschafft. Mit freudiger Erregung erklärte uns dann unsere Mutter, dass sie auf diese Weise, sozusagen für nichts, 20 Pfennig erhalten habe. Für mich war er nicht „*nichts*" gewesen. Doch ich sagte kein Wort. Auch mir war klar, dass man sich in Zeiten der Armut wenig Luxus leisten konnte. Wir waren zwar nicht ausgesprochen arm, doch sparen mussten wir überall.

Immerhin blieb uns der üppige rotglühende Wald des Mohns und der Stangenbohnen.

Nach Regentagen waren diese mit Hunderten von Laubfröschen besetzt.

Dieses Rot-Grün ergab einen ebenso schönen Farbkontrast wie die gelben oder blauen Blüten auf den weitläufigen Kartoffelflächen.

Dann gab es da noch den Teich, „*Heller*" genannt.

Der offene Teil des Teiches war von nicht allzu hohem

Schilf und anderen Wasserpflanzen eingefasst.

Auf dem Wasserspiegel gab es viele Wasserlinsen, im Wasser bot das Wasserkraut allem Getier einen guten Unterschlupf.

Am Ende des Teichs war eine kleine angeschwemmte Sandbank entstanden durch den Zufluss des von der „grünen Wiese" herkommenden Wassergrabens, der dort einmündete.

An dieser Stelle überkreuzte sich dies mit einer sandverdeckten Drainage-Leitung, welche wir unsere „Quelle" nannten.

Der Graben war hier breit und tief, führte aber nur wenig Wasser, so dass wir Kinder oft an und auf der Grabenböschung im blumigen Grün gesessen haben, damit beschäftigt aus Gänseblümchen, Wasservergissmeinnicht und Hornkraut Sträuße und Kränze zu flechten. Mine erwies sich darin als außerordentlich geschickt, doch auch wir beherrschten dieses Handwerk recht gut, so dass unsere Kränze zu den schönsten im ganzen Umkreis gehörten. Auch standen dort mehrere große und kleine Weiden, deren Weidenkätzchen in unsere Gestecke eingearbeitet wurden.

Mein Vater betrieb außerdem im Teich eine Fischzucht. Er hatte dort Hechte und Schleien gesetzt, und sonst gab es noch viele Weißfische und Barsche.

Unter Aufsicht, und mit aufgeblasenen Schweinsblasen

ausgerüstet, durften wir im Teich auch baden. Für meine Mutter war es wichtig uns mit Badehosen zu versehen. Und da nahm es sich manchmal recht sonderbar aus, wenn wir Knirpse in Hosen badeten. Die Knechte badeten nämlich ohne.

Friedrich, unser Knecht, lachte das ein oder andere Mal voll hohler Gehässigkeit über uns, aber Johann, der Landknecht, nahm uns in Schutz, indem er Friedrich Wilhelms Kopf – oft ziemlich lange - unter Wasser tauchte.

Allerdings muss ich mit Respekt einräumen, dass nur Friedrich es fertig brachte mit den Beinen zu plätschern, dabei aber gleichzeitig mit den Armen unter Wasser zu schwimmen. Da man nicht nur im Dorf davon ausging, dass es unmöglich sei sich ohne die Arme über Wasser zu halten, kam in diesem Sommer eine ganze Menschentraube aus dem Dorf, um Friedrich zu beobachten. Als sie sahen, dass er tatsächlich nicht unterging, wurde er sehr bestaunt. Sein Ansehen im Dorf, besonders bei den Frauen, war von diesem Tage an enorm gestiegen.

Wir Kinder aber ließen uns von Friedrich und seinen Tricks nicht täuschen, womit wir mehr Weitblick bewiesen als die Erwachsenen.

Auch später bin ich Menschen mit Zurückhaltung und Vorsicht begegnet. War es vor allem mein Großvater

Gottlieb gewesen, der mir das Vertrauen in die Welt geschenkt hatte, so waren es Menschen wie Friedrich gewesen, die mich zu einer gewissen Vorsicht gebracht hatten. In meinem späteren Beruf als Jurist kam es mir zugute. Ich habe mich niemals mit dem ersten Anschein zufrieden gegeben.

Für mein Urteilsvermögen war das sicherlich von Vorteil. Für die Zeit meiner Kindheit bedeutete es einen weiteren kleinen Schatten, dem sich noch weitere anschließen sollten.

Doch noch herrschten die Sonnentage bei weitem vor. Die unsäglichen Schrecken der beiden Weltkriege, die noch in unser aller Lebensspanne vor uns lagen, waren in weiter Entfernung.

Jegliche Vorstellungskraft darüber, was sie in sich tragen könnten, diese dunkelsten aller Jahre, hätte uns ohnehin gefehlt.

Die Welt stand freundlich zu uns, sie war weit und schön.

Noch waren ich und mein Bruder, zusammen mit der Mine Friese, denn auch sie gehörte dazu, fest verankert in der Kindheit, die mich später, gerade auch in sehr schwierigen Zeiten, durch die Erinnerung an sie immer wieder gestützt, geleitet und am Ende recht zuverlässig wieder aufgerichtet hat.

8. Kapitel

Den Schafstall säumte an seiner Ostseite ein großes Weinspalier, doch die leichter unten erreichbaren Trauben waren immer schon Friedrich zum Opfer gefallen, bevor wir sie erreichen konnten. Ansonsten beherrschten wir den großen Garten jedoch allein.

Mit ihm und allem, was zu ihm gehörte, waren wir aufs Innigste verwachsen. Wir sahen wie alles wuchs und aus der üppigen schwarzen Erde kam: die Kartoffeln, die Erbsen, Dill, Thymian, Majoran, Mohn, Mohrrüben, Gurken, Kürbisse und Bohnen. Eine schöne Erinnerung ist mir auch die Birnenernte geblieben, wie wir die Birnen aus dem massenhaft gefallenen herbstlich verfärbten Laub heraussuchen konnten. Ich brachte sie dem Großvater, da dieser sie so gerne ansah. Er fand nämlich, dass sie wohlgestaltet wie Frauen waren, weshalb es ihm auch widerstrebte sie zu essen.

So saß er oft da und betrachtete mit der Muse eines Künstlers seine Birnen. Oftmals stellte er sie wie kleine Figuren nebeneinander auf der Fensterbank auf. Das hat mir besonders gut gefallen.
Nur fürchtete ich den Tagelöhner Hannes und seinen Hunger. Allerdings unnötig – an diese Birnen traute er sich niemals heran.

9. Kapitel

Im frühen Herbst war der *große* Schafstall von ganz besonderem Reiz. 30-40 Meter nördlich vom Schweinestall, und mit breiter Front den Hof abschließend, lag er.

Rechts vor ihm war die „*Strohmiete*" gelagert, also der Strohvorrat für die Schafe, der bald niedrig war, bald zu mächtiger Höhe anwuchs. Im Stroh wurden höhlenartige Hütten gebaut, in denen wir uns selbst und alle möglichen Dinge versteckten, nicht zuletzt Katzen und Hunde.

Lisbeth, obgleich nun schon groß und kräftig, wollte noch immer mit mir spielen, so, als würde sie nicht einsehen wollen, dass sie nun schon fast erwachsen war. In dieser Hinsicht ging es Lisbeth wohl wie mir selbst auch.

Dem Vater und den Knechten halfen wir aber auch beim Holz schlagen, beim Kerzenziehen und beim Kürbisse ausschnitzen und bei der späten Holunder- ernte. Oft besuchten wir auch den Großvater, der aus dem Holunder heiße Suppe mit Zuckerrüben und Zimt für uns kochte oder aus Holz kleine Figuren für uns und die Mine schnitzte, und so verflog die Zeit bis zum ersten Advent, besonders in diesem Jahr, schneller als einer schauen konnte.

10. Kapitel

Wie jedes Jahr, so sorgte unsere Mutter auch in diesem Jahr für eine allmählich ansteigende Vorfreude auf das Weihnachtsfest. Sie erhöhte die Erwartung, wenn sie uns die Zeit heranrücken zeigte. Sie strickte und webte mit der Großmutter, die in diesen Tagen immer etwas verträglicher war als sonst, für Weihnachten.

Die Knechte reparierten die Geräte.

Wir hatten auch oft Besuch von unserer Tante Caroline, und überhaupt war in dieser Vorweihnachtszeit immer sehr viel los. Mein Vater schnitt zusammen mit dem Großvater den Schafen die Klauen, ich durfte Lisbeth dabei halten. Mir vertraute sie offenbar am meisten.

Wir Kinder halfen der Mutter außerdem Eier einzuwecken und Apfelschalen zum Trocknen auszubreiten. Wobei sie in der Küche lieber die Mine um sich hatte. Dann wurde die Küche geweißelt, und die Stube musste für den Weihnachtsbaum fein gemacht werden. Einen Weihnachtsbaum hatten wir regelmäßig, und wir Kinder durften ihn mit der Mutter zusammen herausputzen.

Es war immer eine Kiefer, die der Vater vom Förster aus dem Wald besorgen ließ.

Dieses Jahr durfte ich selbst mit dem Förster gehen, um den Baum zu holen, da der Vater in der Scheune mit

Bauarbeiten beschäftigt war. Meine Freude darüber wurde jedoch sehr getrübt, weil mich der Förster auf dem Rückweg schnöderweise Tiereingeweide für den Fuchsfang tragen ließ.

Der Weihnachtsmann kündigte dieses Jahr, wie jedes Jahr, sein Kommen vorher in der Weise an, dass sich plötzlich abends die Stubentür öffnete und eine Hand voll Nüsse in die Stube flog. Allzu viel Wert legten wir Jungen allerdings nicht auf Nüsse. Nur der Mine Friese schmeckten sie gut.

Meine Mutter, deren Stimme ich niemals vergessen habe, selbst viele Jahre nach ihrem Tod nicht, sang in der Küche mit der Mine Weihnachtslieder. Sie sang den ganzen Tag vor sich hin, und mir bereitete es eine große Freude ihr dabei zuzuhören. Ihre Lieder und auch die Geschichten, die sie mir und meinem kleinen Bruder zu erzählen pflegte, waren für mich das Schönste am gesamten Weihnachtsfest.

Auch das Beisammensein, die geschmückten Räume und eine andächtige Stimmung trugen ihren Teil dazu bei. Noch glaubten wir alles, was uns in dieser Hinsicht erzählt wurde. Doch ein dritter kleiner Schatten kündigte sich an. Als Weihnachtsmann kam zu uns immer schon der verkleidete Knecht Johann, so vermuteten wir zumindest erstmals in diesem Jahr.

Der äußerst lockersitzende Bart hatte unser Misstrauen geweckt. August begann vor Enttäuschung zu weinen, Mine drohte gar mit den Fäusten.

Ich, als größerer Bruder, bewahrte Haltung. Doch war mir in diesem Moment bewusst, dass es mir nun wie Lisbeth, dem Schaf, ging.

Schneller als ich es gewollt hätte war ich aus meiner Welt in eine andere Welt verfrachtet worden.

Als unsere Eltern in diesem Jahre, 1878, also merkten, dass wir der Sache nicht mehr trauten, griffen sie, wohl auch um uns aufzuheitern, zu folgendem Scherz:

Sie setzten zu den aufgebauten Geschenken einen lebensgroß ausgestopften Weihnachtsmann und wollten nun sehen wie wir uns benehmen würden. Am Verhalten unserer Eltern merkten wir aber bald wie es gemeint war.

Wir machten uns also über den Weihnachtsmann her und zerfetzten ihn. Allen voran die Mine Friese, der noch nie jemand etwas vormachen hatte können.

Von da ab gab es keinen Weihnachtsmann mehr. Doch ich habe ihn nie vermisst.

Vielmehr läutete es damals die wohl endgültige Wende in meinem Leben ein. Die Wende hin zu einem Leben ohne Glauben.

11. Kapitel

Das alles ist lange her. Längst gibt es den Schäferhof nicht mehr. Er ruht, dem Erdboden gleichgemacht, still und grau. Außer dem Teich, dem *„Heller"*, ist nichts von all dem geblieben, und niemand, der heute diese Wüstung sieht, wird wissen wie glücklich ich dort einst war. Unwichtig, nebensächlich, nicht erwähnenswert würde wohl jedem, besonders nach all dieser Zeit, Mutters Weihnachtsgeschenk von damals erscheinen, und doch versichere ich Ihnen, dass dieses sehr wohl wichtig war. Weitaus wichtiger, als mir das in meiner unwissenden, kindlichen Zerstreuung damals bewusst sein konnte. Das Geschenk, die Erfüllung des Wunsches, den sie nur an sich selbst gerichtet hatte, und dessen Zeuge ich unfreiwilligerweise geworden war, wurde ihr gewährt – mit der Verzögerung eines gesamten Jahrzehnts, doch darauf kam es, rückblickend, letztlich wohl nicht mehr an.

Im Jahre 1888 wurde ihr dieser Wunsch also gewährt: Sie traf den von ihr so verehrten Theodor Fontane während eines Besuchs in Berlin.

Da ich selbst durch einen Zufall und der Gnade eines Stipendiats zum Studium nach Berlin und dort wiederum durch weitere sehr zufällige Verknüpfungen in Kreise geraten war, die einen Kontakt zu ihm ermöglichten, sah ich mich plötzlich in die Lage versetzt diese Situation, unter Erwähnung des Namens der Gräfin Itzenplitz, so zu nutzen, dass Fontane, der auf die Gräfin immer große Stücke gehalten hatte- wie man wusste, auf der Stelle hellhörig wurde und letztlich daraus ein Treffen der beiden, also meiner Mutter und ihm, erwachsen konnte.

Es ist schwer zu erklären, was ihr das bedeutet haben mag.

Pathetisch dürfte es erscheinen, wollte ich behaupten die Erfüllung dieses Wunsches habe ihr alles bedeutet. Und dennoch ist es auch nicht falsch. Die Begegnung mit ihm mag einen Symbolcharakter gehabt haben und war möglicherweise die Bestätigung dessen, was sie all die Jahre nicht hatte sein können: Sie selbst. Die *„Berliner Dame"*, die sie eigentlich gewesen war, interessiert an der Kunst und an der Literatur, hatte ein gänzlich anderes Leben geführt.

So mag diese eine Begegnung mit dem damals schon so bekannten Schriftsteller ihr wie eine Art Entschädigung dafür vorgekommen sein; wie eine späte Wiedergutmachung und eine späte Bestätigung ihres Lebens, ihrer Existenz. Ähnlich ging es mir selbst mit Dr. Goerdeler, doch erst viele Jahre später.

Dies wird nun vermutlich mein letztes Weihnachtsfest sein. Nicht, dass ich mir jemals etwas aus kirchlichen Feiertagen gemacht hätte.

Seit dem besagten Weihnachtsfest 1878, an welchem sich der Weihnachtsmann als unser Knecht Johann herausgestellt hatte, war mir der Glaube unwiederbringlich abhandengekommen.

Doch nun, da ich ein alter Mann bin, stimmt mich das alles etwas nachdenklich.

Warum, so frage ich mich heute, konnte ich nie an einen Gott glauben?

Wo doch der Wunsch meiner Mutter, offenbar durch die Mithilfe durch meine Gebete, schließlich erfüllt wurde.

Zumindest fällt mir, auch bei größter Anstrengung, kein anderer annähernd vernünftiger Grund ein. Wie also konnte ich zweifeln? Wo doch der Schäferhof ein kleines Paradies war, welches allein durch seine Existenz zum ungetrübten, zum unverrückbar festen Glauben aufforderte.

Das Alter trübt mir vielleicht meinen Verstand, und das bevorstehende letzte Weihnachtsfest meines alten Lebens lässt mich auf das augenklare Weihnachten meines jungen Lebens verklärt zurückblicken.

Dennoch. Es kann ein Anlass sein alles noch einmal zu überdenken.

Ich, der *Weltmensch,* denke nun tatsächlich ernsthaft über einen Gott nach. Über einen Schöpfer, über einen Grund und Ursprung des Glaubens und der Hoffnung.

Das Alter bringt wahrlich so einiges an Überraschungen mit sich. Es ist nicht so, dass mir mein bevorstehendes Ende allzu viel Kummer bereiten würde, auch den Tod fürchte ich nicht, doch es gab in meinem Leben immer etwas, das ich vermisst habe. Die Antwort auf eine Frage, die ich nicht kannte.

Ob ich, wenn ich nur lang genug nachdenke, noch herausfinden werde was die Antwort ist?

Ich hoffe, dass Sie nicht ungeduldig werden, und Sie mir meine Abschweifungen gestatten. Mein Vater kommt mir in den Sinn. Er pflegte mich schon als Kind häufig verzweifelt einen „*Weltmenschen*" zu nennen, was mich damals mit innerer Genugtuung erfüllte.

Es war ihm unmöglich zu verstehen, dass ich nicht an einen Gott glaubte, da er mir die Jesuslegende vom „*Lamm Gottes*" als Schäfer ein Leben lang vorgelebt hatte.

Mein Großvater Gottlieb hatte bei ihm für mich Partei ergriffen. Das hatte er immer getan. Soweit meine Erinnerung zurückreicht.

Er lachte, wenn mein Vater sich bei ihm über meine frühe Gottlosigkeit beschwerte, und meinte dann auf platt: *„Die Kienboomschen Jungens trecken all."*

Außer ihm hat das keiner verstanden. Von all den Menschen meiner Kindheit ist mir außer meiner Mutter darum auch mein Großvater Gottlieb am tiefsten im Herzen geblieben. Mit mir spielte er besonders gern. Wenn er am Ofen saß, dann durfte ich an seinen großen Beinen schaukeln und Turnübungen machen.

Er erzählte oft mit innerer Genugtuung, dass *„alle seine Vorfahren Schäfer waren, so weit als wie einer denken kann."*

Für uns war es immer Zeit die Herde nach Hause zu bringen, wenn die Sonne *„mannshoch"* stand, und so half ich ihm den Leithammel und die Herde mit einem entschlossenen *„schiep, schiep"* anzutreiben, obwohl ich es immer schade fand, wenn ein Schäfertag mit ihm zu Ende ging. Wenn es nach mir gegangen wäre, wäre ich mit meinem Großvater wochenlang über die Wiesen des Landes gezogen.

Als man schließlich mit seinem Tod rechnen konnte, lud ihn die Großmutter ein doch noch einmal mit zum Abendmahl zu gehen. Da antwortete der Großvater ganz selbstverständlich:

„Ach, Brot haben wir ja, und Wein hat uns die Caroline geschickt. Ich gehe nicht zum Abendmahl."

Mit dem Brot und dem Wein hat er sich dann schweigend in den Schafstall gesetzt.

Der Tod beunruhigte ihn keineswegs. Im Gegenteil, er

musste ihm wie etwas Versöhnendes, Harmonisches erscheinen, wie aus einer letzten Vision, die er hatte, geschlossen werden kann.

Er lag, wohl nicht mehr ganz bei Bewusstsein, und sah plötzlich und unvermittelt aufmerksam nach dem Ofen. Auf die Frage der Angehörigen, was denn wäre, sagte er ruhig:

„Sie sind auch schon da!"
Großmutter fragte: *„Wer denn?"*
„Na, die Engel", sagte der Großvater. Großvater Gottliebs Wunschtraum, einmal auf dem Schäferhof begraben zu werden, so dass die Lämmer über sein Grab hüpfen sollten, wurde erfüllt.

Jetzt, da ich *meinem* Ende ins Auge sehe und ein bewegtes Leben hinter mir liegt, ein Leben, in dem ich die Sprachen und die Philosophie studieren durfte, in welchem ich die Welt bereisen und die Frauen kennen lernen konnte, in dem ich recht erfolgreich die Rechtswissenschaften betrieb, ziehe ich meine Bilanz.

Meiner Mutter ihren Wunsch zu erfüllen war etwas Bleibendes geblieben. Im Guten.

Im Schlechten blieben mir die namenlosen Gräuel des Krieges, zahlreiche Albträume, in denen ich von dahingeschlachteten Schafen träumte, von einem Meer aus Blut und Schande.

Ebenso im Guten blieben mir die Gespräche mit dem von mir hochverehrten Dr. Goerdeler, ehemaliger Bürgermeister zu Leipzig und Verfechter von Freiheit und Demokratie, zu dem ich vor einigen Jahren mehrfach auf einen Tee geladen war.

Er glaubte an etwas. Er glaubte von ganzem Herzen! Mindestens so wie meine Mutter Fontane verehrt hatte, fühlte ich mein eigenes Denken durch Goerdeler erweitert und verbessert. Zwar sprachen wir zumeist über Musik, doch selbst in der Art wie er über diese sprach, eröffnete sich all sein Denken schön und offen vor mir.

Die Gespräche mit ihm hatten mich letztlich dazu bewegt nach einer längst vergessenen Person zu suchen von der ich wusste, dass sie, sollte sie noch am Leben sein, Schutz benötigen.

Die Mine Friese. Ausgerechnet sie, auf die ich immer so eifersüchtig gewesen war.
Doch war es mir unmöglich anders zu handeln, nachdem die Gespräche bei Tee mich innerlich aufgeweckt hatten.

Es war nicht schwer gewesen sie zu finden, überrascht war sie jedoch sehr. Wohl hätte sie selbst nicht damit gerechnet mich in diesem Leben jemals wieder zu sehen.

Nunmehr ebenso alt wie ich, mit weißem, offenen Haar und stolz blickenden Augen in dem zerfurchten Gesicht. Sie wohnte bis zum Ende des Krieges im Geheimen bei mir. Streitsüchtig wie eh und je – und dennoch, oder gerade deswegen die letzte Verbindung zu meiner Kindheit.

Es war, das war mir bewusst, gefährlich sie bei mir zu verstecken. Doch ich fürchtete nur noch das, von dem Goerdeler gesprochen hatte. Von der Unmenschlich-keit, die das ganze Land befallen hatte und ich träumte nach wie vor von den Schafen, die in ihrem eigenen Blut schwammen.

Man suchte nach ihr – auch bei mir. Mehrfach und selbstverständlich jedes Mal ohne Vorwarnung, und niemals zimperlich.

Und da ich unter normalen Umständen solche Nerven-qualen lieber vermieden hätte: Spätestens seit unseren Treffen zu Tee, seit meiner ersten Begegnung mit Dr. Goerdeler wusste ich, dass weitaus mehr auf dem Spiel stand als meine Nervenruhe. Ich gewann sie lieb. Am Ende meines Lebens gewann ich sie lieb.

Ich suchte ihre Nähe in all den Stunden, die sie ruhig und schreibend verbrachte.

Im Winter nach Kriegsende verließ sie mich für immer. Mit einem gepackten Koffer und einem Tuch um die Schultern sah sie mich an und sagte nichts.

Es war das einzige Mal, dass der Mine Friese nichts eingefallen war. Und mir ging es ähnlich.

Ich fühlte mich so einsam ohne sie – und ohne Goerdeler, meine Quelle der Inspiration, die sie getötet hatten.

Sie schob mir ein Päckchen zu, bevor sie ging.

Langsam und grau vergingen die Monate nach dem Krieg, und nur der Inhalt ihres Päckchens, es waren ihre eigenen Gedichte und die ihrer Mutter, gab es für Momente so etwas wie Erhabenheit in meinem langsam scheidenden Leben.

Dunkle Gedanken schoben sich indes immer wieder vor sie. Der Gedanke an Goerdeler, meinen Unschätzbaren, mein moralisches Vorbild.

Man hatte ihn hingerichtet, diesen Mann, den ich nicht wagte meinen Freund zu nennen, da ich zu ihm aufsah – noch immer. Das lastete seither auf meiner Seele.

Doch erinnerte ich mich an unseren Tee, an die Musik im Hintergrund und an den sanften Ausdruck seines Gesichtes. Mendelsohn, manchmal Bach oder Chopin.

Musik war es, die uns verbunden hatte, sein Denken hatte das meine erweitert und verfeinert.

Rückwirkend war er, die kurze Zeit mit ihm, eines der größten Geschenke meines Lebens gewesen.

Sein Glaube, sein tiefer Glaube an das, was er tat erschien mir als die Antwort auf jene Frage, die zu beantworten mir mein Leben lang unmöglich gewesen war.

Tot war er nun, wie auch von Tresckow, der mit dem Gutshaus verbunden gewesen war, und lang wurden mir die Tage.

Doch wenn ich eines sagen kann dann, dass die Gespräche mit ihm mich dazu bewogen hatten, Mine Friese bei mir zu verstecken.

Sie lebte, und sie lebte durch ihn. Er hat sie gerettet.

Auch mich hat er in gewissem Sinn gerettet, und etwas noch ganz Anderes:

Ihre Gedichte, die, wie ich feststellen durfte, von ganz außerordentlicher, strahlender Schönheit waren.

Studium der **Literaturwissenschaften, Psychologie, Kognitionswissenschaften** und **Philosophie** in Freiburg, Zürich, Karlsruhe und Konstanz. Abschluss in Pädagogischer Psychologie mit Literatur-Didaktik, Promotion in Freiburg.

Redaktionsmitglied der Literaturzeitschrift **WANDLER**

Mitglied der **Konstanzer Autorengruppe** „*Literarisches Café*" und des **Steinbachensembles** (Baden Baden)

Veröffentlichung mehrerer Kurzgeschichten sowie Lyrik und Auszüge längerer Erzählungen in unterschiedlichen Literatur-Zeitschriften in Deutschland, Österreich und der Schweiz (Wandler, cet, Am Zeitstrand, decision, Anthologien wie die Bibliothek deutschsprachiger Gedichte, Hörbücher (In den Schuhen der Welt, Nachtflüge) Print- & Online-Veröffentlichungen, Print-On-Demand. **Autorengruppen in sozialen Netzwerken mit Veröffentlichungen**

Veröffentlichung mehrerer Rezensionen (Print- und Online), Bibliothek deutschsprachiger Gedichte, Slam-Poetries, zahlreiche Autorengruppen und Literatur-Blogs.

Tee bei Dr. Goerdeler enthält

Auszuge aus den Büchern und Sammlungen:

Des Wahnsinns Beute

Brain-Terror

Vom Mut des Drachentötens

Schutzlos – Wie ich das Jahr 1945 überlebte

In den Schuhen der Welt

Im Buchhandel und direkt bei **BOD** zu bestellen.

Kontakt zur Autorin: CJ.Schulze@gmx.de

Sonderedition ausgewählt von der Autorin

Lektorat: Matthias Ziebarth, Frankfurt a. Main

Dieses Buch ist ihm gewidmet. Er starb viel zu früh und war mir über viele Jahre eine große Inspiration. Lieber Matthias, Du bleibst unvergessen – und zumindest für mich – unerreicht. Danke für Deine konstruktive Kritik und Deine Anregungen,